Lo que nunca te dije

Relato de una vida imposible

Narrativa
contemporánea

Ortiz, Antonio
    Lo que nunca te dije : relato de una vida imposible / Antonio
Ortiz. -- Edición Margarita Montenegro Villalba. -- Bogotá :
Panamericana Editorial, 2018.
    216 páginas : imágenes ; 22 cm. -- (Narrativa Contemporánea)
    ISBN 978-958-30-5701-4
    1. Novela colombiana 2. Familia - Novela 3. Hermanos -
Novela 4. Adolescencia - Novela 5. Drogadicción - Novela
6. Depresión en la adolescencia - Novela 7. Soledad - Novela
8. Sueños - Novela I. Montenegro Villaba, Margarita, editora
II. Tít. III. Serie.
Co863.6 cd 21 ed.
A1590344

    CEP-Banco de la República-Biblioteca Luis Ángel Arango

Segunda reimpresión, septiembre de 2018
Primera edición, marzo de 2018
© 2018 Antonio Ortiz
© 2018 Panamericana Editorial Ltda.
Calle 12 No. 34-30. Tel.: (57 1) 3649000
www.panamericanaeditorial.com
Tienda virtual: www.panamericana.com.co
Bogotá D. C., Colombia

Editor
Panamericana Editorial Ltda.
Diseño de imágenes interiores
María Paula Forero
Diagramación
y diseño de carátula
Jonathan Duque, Martha Cadena
Diseño de guardas
Rey Naranjo Editores

ISBN 978-958-30-5701-4

Impreso por Panamericana Formas e Impresos S. A.
Calle 65 No. 95-28. Tels.: (57 1) 4302110 - 4300355. Fax: (57 1) 2763008
Bogotá D. C., Colombia
Quien solo actúa como impresor.

Impreso en Colombia - *Printed in Colombia*

Créditos de imágenes: carátula © Warren Wong/Unsplash; carátula © Andrew Neel/Unsplash;
pp. 6-7 © Bodik1992/Shutterstock; pp. 21, 143 © TatjanaRittner/Shutterstock;
pp. 24, 115, 176-177, 212 © jannoon028/Shutterstock.

Lo que
nunca
te dije

Relato de una
vida imposible

Antonio Ortiz

PANAMERICANA
EDITORIAL
Colombia • México • Perú

Dedicado a mi guapa.
Sigue contando historias en el cielo...

Querido lector:

Ser testigo silencioso de la forma en la que se
va desintegrando una familia y observar cómo se
desmorona me ha dado una gran lección de vida.
Lo que nunca te dije nace de la necesidad por
contar una historia que pueda abrir un espacio de
reflexión y debate en cuanto a la toxicidad en la
que se ven envueltos nuestros jóvenes, la incapacidad
de los adultos de conectarnos con las necesidades,
los deseos y las crisis de nuestros hijos, y la
complicidad silente de todos los actores sociales
que rodean la vida de aquellos que quieren vivir
a plenitud.
Disfruté escribiendo este libro porque me identifico
plenamente con Camilo en muchos aspectos. Fui un
adolescente bastante conflictivo y en mi ingenuidad
juvenil creí que el universo giraba a mi alrededor.
Estuve a punto de perderme para siempre, pero la
fe ciega y el amor de mis padres, y de aquellos que
creyeron en mí lograron mostrarme la salida al final
de ese turbio túnel.
Las drogas no tienen en cuenta las clases
sociales, las creencias religiosas ni la educación.
Tienen la capacidad de apropiarse de las vidas de
sus consumidores y volverlos una sombra de lo que
eran antes. Llegan de una manera casi imperceptible

y a través de los medios y los individuos menos pensados. Camilo y Laura tenían unos padres que siempre estaban pendientes de lo que ocurriera en el colegio con ellos, pero olvidaron comunicarse con sus hijos, escucharlos sin juzgarlos, apoyarlos sin ser permisivos, mostrarles el camino sin ser intrusivos y, sobre todo, enseñarles a asumir las consecuencias de sus actos.

Agradezco a los protagonistas de esta historia por permitirme contarla de esta manera. Son una familia de valientes que quisieron relatar en detalle el rostro de su tragedia para que las situaciones aquí descritas no se repitan en otros hogares.

Espero que los lectores puedan sentirse ayudados de alguna manera por este relato, y si necesitan hablar con alguien sobre alguno de estos temas, no duden en contactarme:

- www.antonioortiz.com.co
- Facebook: antonioortizescritor
- Instagram: @antonioortizt

Con todo mi cariño,
Antonio Ortiz

Me levanto en tu fotografía,
me levanto y siempre ahí estás tú,
en el mismo sitio y cada día
la misma mirada, el mismo rayo de luz.
El color ya no es el mismo de antes,
tu sonrisa casi se borró,
y aunque no estés clara yo te invento
en mis pensamientos
y en mi corazón...

Nadie tiene un pacto con el tiempo
ni con el olvido y el dolor,
si desapareces yo te encuentro
en la misma esquina de mi habitación

GIAN MARCO

Primera parte

—*CIERRA LOS OJOS E IMAGINA que estás en una pradera, la pradera más hermosa que hayas visto jamás. Observa los colores, percibe el aroma de las flores, siente la brisa que acaricia tu piel. El sol brilla en lo alto y su calor es una sensación indescriptible. Caminas por todo el lugar y encuentras arroyos de agua cristalina que calman tu sed y te refrescan cuando lo necesitas. No existe ninguna preocupación o angustia en tu mente; en ella todo es felicidad. Te sientes tranquilo, es una sensación única, no hay odios, no hay rencores, tu vida es perfecta. A lo lejos puedes ver unas figuras, te acercas lentamente porque te causa curiosidad saber qué hay más allá de los arbustos. Cuando estás lo suficientemente cerca puedes ver algunos autos, gente muy elegante que pareciera estar celebrando algo. Te acercas más para poder saber qué pasa, tal vez estén igual de felices que tú. Sigues avanzando hasta que comienzas a identificar los rostros, todos te son familiares, personas que hace tiempo no veías, otras que ves muy a menudo y algunas que nunca pensaste ver. Pero ¿por qué están todos reunidos en el mismo sitio? Decides ir a preguntarles pero, de repente, te das cuenta de algo. Varios están llorando de manera inconsolable, algunos se ven acongojados y otros van con la mirada perdida. Ves que hay un grupo de amigos que hablan, quieres acercarte para escuchar qué dicen y, cuando lo intentas, te das cuenta de que están allí por ti...*

—*¡Es tu funeral!*

—*Llevaste tu vida al límite, fuiste una llama al viento en medio de un mar huracanado que terminó por apagarte.*

—*Luego, del golpe recibido por la sorpresa, te inquieta saber de qué es lo que están hablando tus amigos, las cosas que puedan estar pensando. Toda tu familia está allí. Ves a tus papás tratando de resistir el dolor...*

—*¿Por qué te extrañan esas personas? ¿Cuál es tu legado?*

—PUEDEN ABRIR LOS OJOS —dijo la psicóloga.

Abrí los míos y estaban llorosos, por lo cual no pude distinguir mucho a mi alrededor. El centenar de jóvenes que estábamos allí teníamos la misma expresión, me refiero a que todos vivimos una experiencia que nos dejó exhaustos emocionalmente.

Teníamos lágrimas en los ojos y miedo a que ese relato fuera verdad. No creo que haya sido solo el miedo a morir, sino el miedo a causarles dolor a aquellos que amamos, miedo a ser recordados por las cosas malas y no por las buenas. Muchos tuvieron que ser sacados del salón, pues su llanto era incontrolable.

Yo estaba ahí. No solo era testigo presencial, sino que era un actor preponderante. Había llegado a ese lugar porque, por mi manera de actuar, me había convertido en una rueda suelta imposible de controlar. Ni mis papás, ni mis amigos, ni mucho menos mis profesores podían detenerme. De forma paradójica, sí lo hizo la muerte, esa fase que todos tenemos que vivir algún día, ya sea porque alguien cercano fallece o porque llegamos a ese destino. Tuve que perder lo que más amaba en la vida para poder contar esta historia y, con ella, espero que nadie más sufra lo que yo tendré que sufrir toda mi vida.

* * *

Todo parece muy latente, como si hubiese pasado hace apenas unos minutos.

Había tocado fondo con las drogas, por lo que mis papás me habían inscrito en un retiro espiritual. No practico ninguna religión, pero ofrecerme para ayudar a otros me pareció, a la postre, la mejor forma de compensar todo el daño que hecho aunque, en primera instancia, esa no era mi intención. Fue la casualidad derivada de una amenaza de mi papá lo que me llevó a terminar aceptando algo de lo que al comienzo sentía vergüenza, pero de lo que hoy me siento orgulloso.

Estábamos en el retiro cuando una de las consejeras fue a buscarme, mientras yo escuchaba a una chica de unos dieciséis años que estaba en el campus llorando detrás de un árbol. La voz de la mujer interrumpió la paz y el silencio del lugar.

—¡Camilo Cárdenas! ¡Camilo Cárdenas! Ah, ahí estás. Camilo, perdona. Te necesitamos en Administración. Es algo urgente.

Su forma de decírmelo no fue la más diplomática. A veces, cuando a los adolescentes nos dan algo de poder o responsabilidad, nos dejamos llevar por el afán de figurar y perdemos la perspectiva. Caminé con ella hasta llegar a la oficina administrativa del lugar, donde se encontraban la directora general de la fundación y dos psicólogas que prestaban apoyo. Mi primer pensamiento fue que me iban a sancionar por algo que no había hecho. La directora me miró y me pasó el teléfono.

—Es tu mamá —me dijo con tristeza en la voz.

Tomé el teléfono como si fuera un aparato explosivo. Al otro lado escuché la voz de mi mamá, sus palabras eran difíciles de entender, su voz temblorosa y entrecortada anunciaba algo sobre mi hermanita Lau, un año menor que yo. Mi mamá repetía todo el tiempo lo mismo, y era como un mensaje en clave morse.

—Cami, Lau se nos fue… Lau ya no está con nosotros… Cami, tu hermana… Lo siento mucho…

Me costó mucho asimilar lo que mi mamá me acababa de decir. fue difícil procesarlo. Mi pequeña hermana, a la que siempre juré proteger, había muerto. Ya no me acompañaría en esta vida.

Fue ese punto de quiebre el que me hizo despertar de alguna manera. El dolor que se siente en una situación de esas es indescriptible y, aunque la gente te dice que debes ser fuerte, que debes mantener la entereza, o aunque vengan y te abracen diciéndote "Lo siento mucho", nada en el mundo puede aliviar la tristeza tan grande que se adueña de ti.

Me quedé con el teléfono en la mano por unos segundos. Detrás de la silla de la directora había un cuadro del Sagrado Corazón de Jesús. Me detuve a observarlo y sentí que me devolvía la mirada. Le pregunté una y mil veces por qué se había llevado a mí hermana, por qué todo seguía saliéndome mal, pero no obtuve respuestas, o tal vez no había sido capaz de entenderlas.

Muchos dirán que ese es el castigo que me merecía por todo lo malo que hice, y quizá tengan razón, sobre todo porque vivimos en una sociedad donde la justicia no funciona. No obstante, preferiría cien mil millones de veces pagar mi condena en un reformatorio, en una cárcel o ser torturado de la peor manera a sufrir de ese modo. No sé si existe el karma o si solo es una excusa que usamos para justificar que debemos aceptar las consecuencias de nuestras acciones, pero exista o no, la ley de causa y efecto es una realidad, y yo no fui inmune a ella.

◆

Las cosas comenzaron muy temprano. Caímos en la trampa de la conformidad y de creernos el cuento de la familia modelo.

Vengo de un hogar amoroso, mis papás siempre han sido personas que se preocuparon por sus hijos, iban a todas las reuniones del colegio y nunca faltaron a los talleres escolares, pero nada de eso los preparó para la debacle que les esperaba. Fuimos víctimas de una sociedad tóxica que se alimenta y se fortalece con los mensajes contradictorios dictados por los adultos.

A diferencia de lo que muchos podrían pensar, al principio mi hermana y yo éramos unos niños ejemplares, bien educados y "temerosos de Dios". En síntesis, éramos lo que esta sociedad llama unos "niños bien", provenientes de una "familia bien".

Siempre estuvimos en el mismo colegio y, aunque con seguridad algunos podrían culpar a las directivas y a los profesores de nuestras decisiones, estas las terminamos tomando nosotros, y creo que el juicio de responsabilidades arrojaría que ellos son más inocentes de lo que se presume. Todas las cosas parecían estar marchando a la perfección, hasta que llegué a sexto grado. Ahí la historia comenzó a escribirse hacia el declive.

Samuel Gómez, a quien llamábamos Sammy, siempre fue mi mejor amigo. Entramos al colegio el mismo día, y desde ese instante nos entendimos muy bien. Éramos dos niños que lo compartíamos todo: los juguetes, la lonchera, las rabietas, los sueños y las ilusiones.

Ambos fuimos piratas en nuestro mar de ilusiones, desenterramos tesoros en islas inhóspitas y luchamos las batallas más épicas en la historia del universo. Nos encantaba sentarnos a ver los partidos de fútbol e imaginar que éramos los jugadores de esos equipos, soñábamos con formar parte del Real Madrid o del Barcelona. Cuando jugábamos FIFA en la consola de videojuegos, no diferenciábamos entre la fantasía y la realidad, allí podíamos hacer todo lo que quisiéramos, nos sumergíamos en los gritos del estadio, la narración y la emoción de marcar goles. Pero cuando nos desconectábamos, todo volvía a una realidad fatigante, esa que te sume en el barro y te marca para siempre.

En el colegio jugábamos fútbol en el descanso y el almuerzo para que el profe de Educación Física, que también era el entrenador de fútbol, nos eligiera como parte del equipo. Tratábamos de hacer lo mejor, recordábamos las gambetas de los partidos que veíamos en televisión y de los que jugábamos en el Play, e inventábamos jugadas mágicas, o por lo menos así lo creíamos.

Sammy se tropezaba bastante y se caía todo el tiempo. Su peso lo hacía fatigarse con facilidad y no contaba con buena ubicación espacio-temporal, cuando más brillaba el sol, uno podía ver su figura regordeta, decorada con rizos en la cabeza, levantando las manos, siempre pidiendo el balón. Ni él mismo sabía en qué posición jugaba, estaba por todo el campo, caminaba cuando tenía que correr y hacia lo contrario cuando debía caminar; algunos decían que jugaba de estorbo derecho. Siempre que me metía en problemas era por defender la honra de mi amigo.

Santiago Díaz iba un curso por encima de nosotros, y era el típico adolescente arribista y soberbio que todo lo hacía bien, o casi todo. Era un delantero infalible que se ufanaba de jugar en las inferiores de Millonarios. Solo había que ver su Facebook, lleno de fotografías con trofeos, medallas y diplomas. Siempre estaba en forma, con sus músculos definidos y sus abdominales bien marcados. Fue goleador no sé cuántas veces en su categoría de los intercolegiados. Las niñas lo admiraban y se morían por él, todos lo idolatrábamos. Sachi, como le decíamos, siempre hacía de arquero en los descansos, pues le daba miedo que algún torpe o bruto lo lesionara.

Gabriel Vásquez, de nuestro curso, era el único estudiante negro del colegio. La razón por la que estudiaba con nosotros era porque su papá era un trabajador de mucha confianza del dueño de la institución, por lo que le otorgó una beca. Para nosotros, él era simplemente uno más de nuestros compañeros, pero sus habilidades con el balón eran quizá mejores que las de Sachi.

* * *

Estábamos metidos en uno de nuestros partidos, íbamos empatados. Siempre que podíamos jugábamos contra séptimo, apostando nuestro orgullo, nuestra dignidad y algo más. El encuentro estaba dos a dos, el premio era el uso exclusivo de la cancha por los próximos tres meses. Gabriel, en una de sus tantas jugadas, se sacó a dos de encima, adelantó el balón y saltó, esquivando al tercero que se había lanzado al suelo para sacarle la pelota. Su zurda mágica amenazó con sacar un remate fuerte al ángulo, pero con gran destreza y delicadeza filtró un pase magistral entre toda la defensa al costado derecho, dejando en inmejorable posición al jugador que llegaba por esa punta, mano a mano con el arquero. En esa situación, uno tiene dos opciones: pegarle o hacer el pase al medio para que otro anote. Ese día era prácticamente imposible no marcar el gol, a menos que quien tuviera el balón fuera…

Sammy había llegado por esa punta y, para sorpresa de todos, bajó el balón con gran habilidad con el borde interno del guayo. El arquero, Sachi, se había posicionado hacia el poste derecho, pensando que Gabriel patearía hacia ese costado. Todos gritamos al unísono "¡Péguele!". Sammy levantó la cabeza, vio el arco solo y acomodó el balón para rematar, tiró su pierna derecha hacia atrás mientras Sachi corría a cerrarle el ángulo. Era lógico que, si Sammy usaba toda su fuerza, el balón entraría sin problema, y estuvo a milésimas de segundo de abrazar la gloria, milésimas que partieron en dos su historia, la mía y la de todos los que estuvimos allí.

Quisiera decir que ese fantasma momentáneo que poseyó a mi amigo, haciendo dos movimientos de *crack*, también lo ayudó a meter el mejor gol de su vida, pero la verdad es que lo abandonó en el momento más importante.

Sammy volvió a ser el mismo torpe que parecía tener dos pies izquierdos: su remate nunca salió como todos esperábamos, fue tal la fuerza que le imprimió a su pierna que el guayo salió volando directo a la cara de Sachi, dándole el tiempo suficiente a los de séptimo para recuperar el balón. Todos tratamos de seguir jugando, pero Sachi había sido golpeado en lo más profundo de su orgullo. Las niñas que miraban el partido se reían de lo sucedido. Casi con seguridad, la mayoría de las burlas iban dirigidas a Sammy, pero algunos "Cómase el pie del gordo" llegaron a los oídos de Sachi.

Entonces arremetió contra el pobre Sammy, levantándolo a patadas, tirándole un guayo a la cara y arrojándolo al suelo.

—¿Qué le pasa, gordo remarica? Lo voy a reventar...

Cuando escuché eso, me lancé sobre Sachi, con tan mala suerte que se dio cuenta e hizo un movimiento y me tiró dentro del arco. Mis compañeros se lanzaron sobre él, los compañeros de él sobre nosotros. Era la primera gresca en la que participábamos. Hasta ahí habíamos mostrado esa unión, esa hermandad, esa conexión que está contenida en el dicho del fútbol:

¿CÓMO VAS A SABER LO QUE ES LA SOLIDARIDAD SI JAMÁS SALISTE A DAR LA CARA POR UN COMPAÑERO GOLPEADO DESDE ATRÁS?

Creí que mis amigos habían salido a respaldar a Sammy, a defender al compañero caído, pero ese fue el momento de la ruptura total, el punto de partida de historias divididas que no se unirían jamás.

En verdad, todos fueron en mi ayuda. Ninguno de ellos hubiera movido un solo dedo para ayudar a aquel que más que un amigo era mi hermano, pero que para ellos no era sino un gordo torpe y perdedor que no había sido capaz de meter un gol.

Imagino que, en nuestra ingenuidad, todos llegamos magullados a la casa a contar nuestra aventura, exagerando algunos detalles, pues cuando eres niño tiendes a hacer ese tipo de cosas.

La lluvia de correos por parte de los papás no se hizo esperar: algunos pidieron reunión con las directivas del colegio, y otros solicitaron que expulsaran a los que comenzaron la pelea.

Como resultado de la nefasta oleada de protestas, el coordinador de disciplina, el señor Bhaer, casi siempre un tipo conciliador y que buscaba lo mejor para todos, se vio en la obligación de entrar en acción, por lo que nos llamó a todos al auditorio, nos escuchó y nos hizo reflexionar sobre nuestro comportamiento.

Aceptamos nuestras culpas y pedimos perdón por nuestros errores. Como "gran castigo" por la conducta que tuvimos, nuestra pena fue ser meseros en la cafetería y ayudar a las señoras del aseo a recoger papeles, botellas y toda la basura del colegio durante dos días.

Pero como sucede en esta sociedad de doble moral, algunas mamás indignadas pusieron el grito en el cielo y buscaron más problemas donde no los había.

Mientras algunas familias hablaban mal de las otras y les prohibían a sus hijos juntarse con los buscapleitos, estos y todos los involucrados saltábamos al campo cada día, como algo sagrado, fieles a la consigna de "lo que pasa en la cancha se queda en la cancha".

Sin embargo, las malas perdedoras, esas mamás indignadas que tienen demasiado tiempo para pensar, esas señoras que se aburren y cuya única ocupación es fijarse en todo lo que hace el prójimo, esas que, al no tener vida propia, comienzan a preocuparse por la existencia de las otras personas, no quedaron satisfechas con la situación.

Como siempre, intentaban decirles a los otros papás cómo criar a sus hijos, a los profesores cómo enseñar, y al colegio a quién admitir y a quién no. Ellas decidieron, a raíz del suceso, formar los tan temidos chats grupales, primero a través de la plataforma del colegio, después mediante Facebook, para al fin terminar en WhatsApp.

La red social interna de padres, invisible y excluyente, comenzó a fracturar incluso las amistades más fuertes, incluida la que yo tenía con Sammy.

Para nadie es un secreto que todos los prejuicios con los que crecemos nos son heredados por nuestros papás. Prejuicios que se van fortaleciendo con el tiempo. Repetimos en nuestro actuar todo lo que escuchamos y vemos en casa. Es una espiral decadente que va marcando nuestro camino y el de todos aquellos que pagan con su inocencia. Parte de nuestra forma de ser nos es implantada.

A las celebraciones de cumpleaños ya no se invitaba a todo el curso como en los primeros años, pues desde la casa nos empezaron a enseñar que la vida social tiene reglas y que si quieres ser exitoso debes cumplirlas.

REGLA NÚMERO UNO

No **invites** a los callados,
a los feos, a los **inválidos**,
a los gordos, a los hijos de papás
separados, y mucho menos al negro.

REGLA NÚMERO DOS

Solo **invita** a aquellos que creen en
nuestro mismo Dios, y que profesen
nuestra misma religión.

REGLA NÚMERO TRES

No **invites** a aquellos que están
pasando por una crisis financiera,
esos que deben la pensión en el
colegio. Es mejor no ponerlos
a pensar en el regalo.

Crecimos con la convicción de que nuestros papás estaban haciendo lo mejor por nosotros, y les hacíamos caso, no los cuestionábamos.

Sin embargo, todos sabíamos que sus acciones no eran más que el fruto de la manipulación y el capricho, y sé que, muy en el fondo, ellos también lo sabían.

***

De esa forma, los que comenzamos a compartir tiempo juntos teníamos unos patrones, unas coincidencias y unas características que nos hacían encajar en lo que la sociedad demandaba. Yo había empezado a caer en este despeñadero social, siendo uno de los que fomentaban, sin querer, pero a la vez queriendo, la exclusión, la segregación y el tan famoso *bullying*.

Entré a formar parte de un grupo exclusivo conformado por Rafa, Andrés, Mateo, Juanes y yo, al cual les sumamos a algunas mujeres, entre ellas mi hermana Lau y sus amigas, quienes, aunque iban un curso por debajo de nosotros, estaban dispuestas a formar parte del club.

Ahora que lo pienso, somos solo títeres de una sociedad que ha malinterpretado las creencias, tanto religiosas como políticas. Juzgamos sin tener bases concretas, asumimos posiciones porque otros lo hacen y, lo peor, somos tan, pero tan soberbios, que creemos que tenemos razones para actuar de esa manera.

Mis papás y los papás de mis amigos creían que nos hacían un bien levantándonos los castigos cada vez que, por alguna razón, quebrantábamos una regla del manual de convivencia, aunque lo justo era ser castigados. Todo eso creó una sensación de impunidad a la cual nos fuimos acostumbrando. Muy dentro de nosotros fuimos descubriendo, tácitamente, que podíamos burlar las reglas, evadir la ley y salirnos con la nuestra mediante la excusa de la "educación con amor".

La amistad, ese lazo casi irrompible que nos une a personas que no comparten nuestra misma sangre, ese lazo invisible que te ata a otros individuos y se alimenta de recuerdos, de tus mejores momentos, de tus lágrimas, de tus secretos, empezaba a cambiar de objetivo para todos o, mejor dicho, para la gran mayoría. La amistad pasó de ser un sentimiento fresco, puro, lejano de las vanidades y del comportamiento superficial, a convertirse en un acto liderado por la conveniencia, la falsedad de la imagen y el juicio implacable del qué dirán.

* * *

El momento crucial de mi amistad con Sammy ocurrió un día en el que me buscó para ver un partido de la Champions, pero llegó en el instante más inoportuno para mí. Esa tarde me porté como un cretino y, por dármelas de mucho, lo ignoré delante de mi grupo.

—No, Sammy, no quiero ver esa mierda hoy. Además, usted debería estar corriendo a ver si baja la panza. Hermano, si sigue así va a parecer un camionero.

Todos se quedaron callados por un momento, pero después soltaron la risa, y la vergüenza por ser el amigo del gordo del salón se convirtió en placer por la aceptación de mi nuevo grupo.

Sin embargo, esa noche me sentí muy mal y traté de buscar a Sammy varias veces —tal vez no las suficientes— para pedirle perdón, pero no me quiso contestar. A partir de ahí nuestras charlas fueron cada vez menos, hasta que dejamos de dirigirnos la palabra. Nos fuimos separando poco a poco y no lo evitamos.

Aquellos amigos que me empoderaban y me mostraban un mundo en el cual yo podía ser una de las estrellas del equipo de fútbol en mi categoría, donde las niñas se sentían atraídas por mí y donde hasta los séniors me aceptaban, me respetaban y me respaldaban, esos amigos se encargaron de establecer un límite entre Sammy, ellos y nuestra amistad. Por desgracia, yo no tuve el carácter ni la personalidad que se necesitan, y escogí el lado incorrecto.

* * *

Cuando eres pequeño admiras a quienes están en cursos superiores, a esos que son populares, a los que están en noveno, décimo y a los séniors. Te prometes a ti mismo seguir sus pasos, sus tradiciones, las cosas buenas y las malas. Eso desemboca en un relevo generacional que no permite acabar con todos aquellos flagelos que azotan los colegios y, por ende, a la sociedad. Crecimos creando jerarquías y alimentando brechas.

Para cualquier profesor es un problema mayúsculo que un estudiante no lo deje hacer clase porque siempre está interrumpiendo, y mis amigos y yo éramos expertos en eso. Algunos docentes lloraban por la desesperación, otros detenían las clases y daban un sermón larguísimo. Eran ingenuos creyendo que, después de esos discursos, íbamos a ser mejores, inconscientes de que estábamos cumpliendo con nuestro objetivo de no estudiar.

Otros profesores eran más temperamentales y sus estrategias se limitaban a poner más y más trabajo, pero entonces llamábamos a "la caballería" y, por arte de magia, el docente disminuía los trabajos o los suprimía por completo.

Nos creíamos ganadores cuando lográbamos algo, pero todo se limitaba a una falsa victoria que nos llevaba a regocijarnos y, sin saberlo, a hundirnos más en el fango de nuestra mediocridad. Estábamos inmersos en una espiral que nos encaminaba al abismo más profundo que pueda tener el ser humano. Nuestra soberbia era tal que, si nos hubiesen mostrado un video de nuestro futuro, no nos hubiéramos dado cuenta de lo que nos esperaba.

———————————— ◆ ————————————

Mi mamá nos contaba que ella había comenzado a salir de rumba cuando tenía dieciséis años, que mis abuelos le daban permiso solo hasta cierta hora y que debía ir con mis tíos.

Nosotros empezamos a salir cuando yo tenía trece años, a mi hermanita Lau la dejaban ir conmigo, pero ella también tenía sus propios amigos, por lo que siempre que íbamos a una fiesta, ella se abría con su parche y yo con el mío. Llegada la hora de irnos, nos reuníamos en un mismo sitio y llegábamos juntos a casa.

Al principio, las cosas eran simples: una fiesta donde los hombres nos quedábamos a un lado por la vergüenza mientras las niñas bailaban al otro lado. La timidez de la adolescencia no nos dejaba pensar más que en idealizarnos e imaginarnos levantándonos a las mujeres que nos gustaban, preferiblemente de otros colegios, y bailar era algo secundario a lo que accedías al ir tomando más y más guaro, y cuando ya estabas prendo era cuando se tenía la valentía de hacer cualquier cosa.

El trago llegó en forma de sorbos que dábamos a pico de botella y se combinaba con el cigarrillo. Entendí a las patadas que ni nuestras mentes, ni mucho menos nuestros organismos estaban preparados para semejante ingesta de licor.

Mariana Quiroga, a la que todos conocíamos como Mari —quien además ostentaba el apodo de Vomitrón desde los doce años—, siempre se enlagunaba en las farras. Una noche, en la casa de Rafa, bebió más de la cuenta. La vimos pintar las paredes con toda la comida que salpicaba, desacomodando los muebles a su paso y desordenando la cocina a cada movimiento.

Entre todos le hicimos a Mari una "bomba" —agua, Alka-Seltzer, aspirina y limón— para ayudarla a vomitar más fácilmente, después le dimos café sin azúcar y todo lo que se nos ocurrió para tratar de que sus papás no se dieran cuenta del estado en el que estaba. Mari nos pidió que la dejáramos sola en el baño un segundo, y eso hicimos.

Una hora después llegó su mamá y supimos que se iba a armar un mierdero, pues esa señora siempre ha sido de las que se la pasan metidas en el colegio y se creen las dueñas del mismo, en lugar de prestar la atención debida a sus dos hijas que, de forma visible, no iban por buen camino, al igual que la mitad de nosotros.

Empezamos a buscar a Mari, pues desde que la habíamos dejado en el baño no la volvimos a ver. Cuando entré al cuarto de Rafa para revisar, lo encontré besándole el cuello con pasión, mientras ella estaba casi inconsciente y con la blusa desapuntada.

No me percaté de que la mamá de Mari estaba detrás de mí hasta que quedé prácticamente sordo por el grito que dio. Rafa se levantó de la cama de inmediato, tratando de ocultar una erección como quien intenta tapar el sol con un dedo.

—¡Violador, pervertido! Mañana mismo pongo una denuncia y lo hago echar del colegio. Drogaron a mi niña, bárbaros.

La música se apagó de repente y todos nos sentimos descubiertos. Ninguno superaba los catorce años y ya teníamos semejante problema. Como era de esperarse, el lunes siguiente los papás de Mari fueron al colegio a exigir que echaran a Rafa por intento de violación, argumentando que la habíamos drogado con esa intención. No nos bajaban de delincuentes y criminales.

Tal vez no se habían dado cuenta de que Mari seguía los pasos de su hermana, Isa, una sénior de las más populares en nuestro colegio, y no solo por su belleza, que la hacía ser la envidia de las niñas y el deseo de todos nosotros, sino por su reputación bien ganada y porque algunas de sus fotografías llenaban carpetas enteras de nuestros teléfonos. Isa era causa de peleas en las fiestas porque mantenía noviazgos con dos o tres tipos al tiempo, quienes se daban cuenta de la traición esa misma noche y salían indignados a defender su honor.

Por desgracia para Mari, su hermana se convirtió en su modelo a seguir y superar, lo que desencadenó cambios profundos en su comportamiento y su forma de ser. Mari perdió su virginidad a los trece años. Al par de hermanas los apelativos de perra, zorra o resbalosa las rondaban por los pasillos del colegio pero, poco a poco, se acostumbraron a todo lo que se decía de ellas y los insultos dejaron de afectarles. El escalón social en el que se encontraban era suficiente para soportar esos comentarios.

Después de eso, nuestros papás nos dieron a Lau y a mí una charla sobre el manejo del trago, la presión de grupo y bla, bla, bla. Ella y yo nos mirábamos sin saber qué decir. Mi papá me preguntó muchas cosas para las que yo no tenía respuestas.

—¿Qué hubiera pasado si tu hermana hubiese estado ahí, en el lugar de Mariana? Vamos, dime.

Yo no podía pensar en eso. No me imaginaba a Lau de ese modo. Ella era mi hermanita, aquella que siempre me cubría de todo. Era muy inteligente, la mejor del salón, e incluso la mejor del colegio en una época. Tenía un carácter fuerte y no tragaba entero, su capacidad de liderazgo era tal que propios y extraños terminaban haciendo lo que ella quería.

Era inconcebible para mí pensar en Lau en el papel de Mari. Intentaba armar en mi cabeza la escena de Lau con alguien tratando de abusar de ella y me hervía la sangre. Creo que ninguno de mis amigos se hubiera atrevido a hacerle algo. No podía siquiera imaginármelo.

* * *

Lau era una niña bonita, no tan alta. Tenía pelo oscuro y largo, y ojos marrones, grandes y vivaces, que sobresalían en un rostro de piel tersa y suave. Lideraba un grupo de niñas más conocidas como "las arpías".

Sus tres mejores amigas eran muy lindas, y con el tiempo se pusieron buenísimas. Ellas eran un anexo de nuestro parche: cuando no teníamos fiesta, formábamos la farra en la casa de alguien que estuviera solo y allí tomábamos y, cuando ya estábamos prendos, las cosas se calentaban y ellas se quitaban la ropa, bailaban para nosotros y aceptaban los desafíos que les poníamos, excepto

Lau, quien no estaba invitaba a esos planes por expresa solicitud de mi parte. Siempre me sentí responsable por ella, tal vez nunca la ayudé a tomar las mejores decisiones, pero en mi limitado juicio traté de evitar que se hiciera daño o que alguien se lo hiciera.

Mi hermana era muy pila, pero no quería ser encasillada como *nerd* o ñoña. Deseaba pertenecer al mundo de los populares, ese club superfluo y decadente que esta sociedad del siglo XXI mitificó, gracias a la forma de pensar de muchos, y al auge de las redes sociales y la tecnología. Esa misma sociedad les enseñó a los jóvenes a venderse, a exhibirse a través de cuanta fotografía pudieran publicar para obtener todos los *likes* y los comentarios posibles.

Muchos colegios se convirtieron en clubes sociales en los que no solo debías pagar una cuota alta por estar, sino en los que podías ser víctima de discriminación por no ser bueno en fútbol, por no ser lo suficientemente atractivo, por no hablar de cierto tipo de temas, por no tener ciertos amigos o por cualquier cosa salida de los estándares.

Nuestro grupo de amigos era la élite del colegio y, como tal, podíamos hacer lo que se nos antojara.

Pero yo sabía que todo eso era una máscara, una que te pones para representar el papel que solo puede exigirte una sociedad malsana, una que se convierte en tu propio cáncer y que devora tus principios y valores.

* * *

Lau no era perversa ni mala. Tenía un alma caritativa, era muy romántica y lloraba con las historias tristes. Siempre que llegaba a la casa buscaba a mi mamá para abrazarla.

—Dame amor, dame amor, no me lo niegues. —Le decía siempre lo mismo a mi mamá. Sus palabras se convirtieron en tradición, un ritual de cada tarde, persiguiéndola para abrazarla.

Mi mamá se derretía con aquella pequeña que después de darle abrazos y besos, levantaba a su gatica persa, Tábata, por quien se moría de amor.

Creo que lo que más le gustaba a Lau de Tábata era que a ella no le importaba si se emborrachaba, se drogaba o le hacía la vida imposible a alguien hasta casi llevar a esa persona al suicidio. Creo que eso es lo atractivo de una mascota, que no te juzga, no te critica y siempre te es fiel a como dé lugar. Los seres humanos, en cambio, hacemos todo lo contrario, y Lau y yo somos la prueba fehaciente de la existencia de una dualidad monstruosa en todos nosotros, de esa capacidad de engendrar lo mejor y lo peor a la vez.

En ocasiones pienso que si pudiéramos vernos en un espejo y este reflejara lo que en verdad somos, nadie, absolutamente nadie sería capaz de verse a sí mismo a los ojos. Nuestra esclavitud por lo banal nos encadenó a un infierno humanado, un purgatorio que puede acabar con la vida de cualquiera y que nos somete a las torturas más impensables e inverosímiles, ante la mirada inerte de aquellos que se supone que deben cuidarte.

Muchas veces entré al cuarto de Lau, aunque a ella le molestara. Abría la puerta y la encontraba consintiendo a Tábata y sonriendo, o mirando por la ventana mientras cantaba alguna de sus canciones favoritas, o atrapada en algún libro mientras las gotas de lluvia golpeaban la ventana. A pesar de todo lo demás, ella seguía siendo la misma chica tierna y amorosa a la que siempre amé.

En la mesa de noche de su cuarto reposaba una fotografía en la que aparecíamos ella, Sammy y yo, abrazados
y riendo a carcajadas. Recuerdo que un día la vi y entré
por completo a la habitación. Luego me senté al lado de mi
hermana. Ambos extrañábamos a Sammy y nos pregunta-
bamos si él sentía lo mismo que nosotros. Lau me miraba y
suspiraba, como si sintiera lástima por aquella amistad que
poco a poco iba agonizando.

—Lumpy[1], déjate de romanticismos. Sammy no va a
volver a ser tu amigo. Más bien disfruta de los que tienes.
Así es la vida, hermanito. —Ella me había puesto ese apodo de Lumpy porque cuando tenía nueve años me había
caído jugando en una cancha de básquetbol y me había pe-
gado en la frente. Se me formó una protuberancia que he
cubierto con mi pelo desde entonces.

* * *

En ocasiones decimos que odiamos a nuestros hermanos
porque pensamos que son más amados por nuestros papás, porque creemos que son unos sapos en la casa o tan
solo porque debemos compartir todo con ellos.

Lau y yo tuvimos nuestras peleas por diferentes razones, pero al final del día siempre terminaba amando a esa
pitufa. Sus abrazos me tranquilizaban, su sonrisa me sana-
ba y sus palabras, sin importar que estuviera equivocada,
me reconfortaban… siempre lo hacían.

---

1. *Lumpy* en inglés significa bulto, grumo, chichón.

Capítulo 2

EL MUNDO DE LAU estaba hecho de sueños y tejido de ilusiones. Cuando era pequeña tenía muchos problemas para dormir, entonces mi papá siempre le leía o le contaba una historia. Ella se resistía a cerrar los ojos hasta que él le narrara un cuento sobre aquella princesa inteligente y hermosa a la cual el mundo admiraba y amaba.

Muchas noches, en especial cuando llovía sin tregua y caían rayos, ella se despertaba en la madrugada y venía a mi cuarto, se metía en mi cama, me incomodaba y me espantaba el sueño, pero a mí no me importaba. A la mañana siguiente la veía arropada con todas mis cobijas y, cuando la despertaba, me daba un fuerte abrazo de buenos días, sonreía y se iba para su cuarto.

A pesar del paso de los años, ella seguía teniendo para mí ese halo angelical que la caracterizaba, ese aspecto tierno que la hacía única a mis ojos. Sin embargo, para ojos de los demás, esa ternura y esa esencia se extraviaron en el camino de alguna manera. Con el tiempo la mirada de Lau delataba una tristeza, un vacío y una angustia existencial que eran casi palpables.

* * *

Minutos después de recibir la llamada que anunciaba la muerte de mi hermana, caminé por el pasillo hacia la habitación que se me había asignado en el retiro. El tiempo y el espacio dejaron de ser una percepción tangible para convertirse en un concepto sin importancia.

Una de las psicólogas que me acompañaba se llamaba Natalia, no tenía más de treinta años, aunque se creía y se comportaba como de diecisiete. Decía gran cantidad de estupideces, palabras tal vez escritas en un manual para ayudar con el duelo y afrontar pérdidas. Todo lo que pronunciaba sonaba como un tintineo, pues su timbre de voz me fastidiaba, y no soportaba la condescendencia con la que me hablaba. Su forma lastimera de mirarme y de creer que entendía por lo que estaba pasando me hicieron perder el control.

—¡Cállese y déjeme en paz! ¡Usted no tiene ni idea de lo que siento en estos momentos! ¡Déjeme solo!

La empujé y corrí hacia la habitación. Odié a esa mujer, odié a mis papás, odié al mundo, odié a Lau y me odié a mí mismo por no estar ahí para ella. Me encerré con mi soledad y mi tristeza.

Abrí la caja donde guardaba mi celular y lo encendí. Las vibraciones por los mensajes entrantes y las notificaciones inundaron ese aparato.

Yo solo busqué en los archivos fotográficos la imagen de mi hermana con el fin de recordar su sonrisa. Tenía mucho miedo de olvidarla. Me quedé en silencio, contemplando aquella imagen, detallando cada centímetro. Le di un beso a la pantalla, en el lugar donde se reflejaba la frente de mi hermana. Eso mismo hacía ella conmigo.

Un momento hermoso de nuestras vidas se había detenido en el tiempo, evidencia de que por un instante fuimos muy felices. Lo recordé: Sammy tenía doce años y yo trece. Estábamos con el uniforme de gala del colegio y nos habíamos ganado un premio en el Modelo de Naciones Unidas. Mi hermana iba en el medio de los dos, abrazándonos, mientras me daba un beso en la mejilla para luego decirme lo orgullosa que se sentía por lo que había logrado. Mi mamá tomó una fotografía con su celular para enmarcar aquel momento.

—Me haces muy feliz, hermanito. Tus sueños son mis sueños. Te quiero mucho. No olvides que tienes a la mejor hermana del mundo, ¿eh, Lumpy? —Sus palabras nos rodearon a Sammy y a mí, nos llenaron de entusiasmo y de alegría.

Luego, Lau nos dio una palmada en la cabeza a cada uno. Esa era su forma de decirnos que nos quería y que éramos muy importantes para ella.

* * *

Estuve un buen tiempo sumido en los recuerdos hasta que por fin salí de la habitación del retiro, tal vez dos horas después de escuchar la noticia, y me subí al auto que dispusieron para transportarme.

Iban conmigo el conductor y una psicóloga de nombre María, de unos cuarenta y cinco años. Su mirada dejaba escapar un tenue brillo de resignación. Era experta en aconsejar a los demás y estudiaba en profundidad lo que les sucedía a los seres humanos que, como yo, teníamos una pérdida, pero daba la sensación de que nada de lo que sabía le funcionaba en su vida. Su mano tibia tomó la mía para transmitirme seguridad, y debo confesar que, de alguna manera, ese gesto me tranquilizó.

El lugar donde hacíamos los retiros espirituales estaba ubicado en un sector muy exclusivo a las afueras de Bogotá. El camino de regreso a la ciudad estaba enmarcado por un paisaje de un verde intenso. Mi mirada se centró en la belleza de esos árboles, las plantas y los bosques de pinos.

Me dejé llevar por los recuerdos y volví a pensar en ella. La imagen de Lau se posó en mi mente como una huella perpetua, me negaba a creer que lo que mi mamá me había dicho era cierto. Pensé que tal vez mi hermana estaba en el hospital y que solo cuando yo llegara abriría los ojos y me sonreiría como tantas otras veces.

Estaba en la fase de negación, esa etapa donde no aceptas la realidad, la parte más hipócrita de nuestra existencia.

El paisaje cambió y se volvió gris y turbio, como en nuestra historia de vida, en la que nuestra niñez fue verde primaveral y nuestra adolescencia un otoño oscuro.

A la entrada de la ciudad observé una valla publicitaria que anunciaba la felicidad a través de una marca de *whisky*, y a mi memoria vino aquel momento terrorífico, cuando las palabras de mi papá se hicieron ciertas.

—¿Qué hubiera pasado si tu hermana hubiese estado ahí, en el lugar de Mariana? Vamos, dime.

———————————— ◆ ————————————

Juliana Medina, Tatiana Cifuentes y Valeria Baquero eran las mejores amigas de mi hermana, las famosas "arpías" —ese apodo salió de la sala de profesores por los problemas que tenían con ellas— y, a decir verdad, sus acciones y su comportamiento le hacían justicia al apodo.

Bellas, inteligentes y socialmente exitosas, manejaban cualquier situación a su antojo.

Recuerdo muy bien cuando estaban en sexto y tuvieron un problema con María Fernanda Guerrero, una niña nueva en el curso a quien cogieron entre ojos por ser inteligente y bonita. Juliana y Valeria tomaron la vocería y comenzaron a insultarla, enviándole papelitos, mensajes de voz y de texto.

Era lógico que esa niña se asustara, se sintiera intimidada y triste. Entonces las "arpías" no desaprovecharon el momento. Su ataque tomó toda la fuerza y la hizo trizas. Su mamá se enteró y puso la queja en el colegio, queriendo encontrar algo de justicia y tranquilidad para su hija.

Cuando todas fueron llamadas a Coordinación, Juliana y Valeria negaron con vehemencia su participación en los hechos y acusaron a María Fernanda de ser quien las insultaba y, como es obvio, involucraron a Lau y a Tatiana para que las apoyaran. El coordinador, quien era un hombre equilibrado, justo y que se había ganado el corazón de los estudiantes por su capacidad para escucharlos, se dio cuenta de que mentían y, entonces, sin mayores evidencias, decidió jugársela.

—Muy bien, niñas. Voy a seguir investigando todo esto, pero quiero que sepan que si están mintiendo, corren el riesgo de ser suspendidas. Si me dicen la verdad, podemos llegar a un acuerdo y fingir que no pasó nada.

La veteranía y la experiencia del coordinador no lo habían preparado para el índice de maldad en el que se movían estas chicas que, sin ningún reparo, acudieron a sus mamás escuderas, quienes a través de WhatsApp alertaron a los demás papás:

Hoy

> Ese coordinador fue agresivo e intimidante. ¿Acaso esa es la forma de educar a los alumnos?
>
> 4:37 ✓✓

> Tendremos que pagarles psicólogo a nuestros hijos para arreglar los problemas de autoestima que ese señor está creando.
>
> 4:45 ✓✓

Tergiversaron toda la historia e insinuaron que el coordinador había tenido un comportamiento amenazante y antipedagógico que mellaba la autoestima de los "angelitos".

Juliana nos contó que su mamá, junto con la de Valeria, fueron a crucificar al pobre coordinador, incluso pidiéndole que se disculpara con las niñas.

—Por favor, escriba en el acta que usted usó la palabra *suspensión* y que eso causó un impacto negativo en la autoestima de las niñas, afectando el derecho a su sano desarrollo —dijo la mamá de Juliana, quien es la prueba fehaciente de una sociedad excluyente y mezquina.

Puedo imaginar la cara del coordinador cuando escuchó semejante atropello, tal vez su rostro se llenó de esa sensación que nos rodea cuando sentimos impotencia y frustración, al no poder reaccionar de la manera que queremos. Como buen negociador, no aceptó toda la petición de la arpía mayor, pero sí acordó escribir que él había usado la palabra *suspensión*. Por desgracia, la situación desvió su cauce y terminó con la salida de María Fernanda unos meses después, debido a los continuos ataques verbales en los descansos y en las clases.

Lau mintió, robó y ocultó información valiosa por proteger a las que ella consideraba sus amigas. Mi hermana fue cómplice de cada una de las fechorías que se les ocurrían a estas pequeñas tramposas. Ella era igual de culpable, o más, porque estaba allí entre un silencio criminal y una actitud de celebración. Cada tarde, al llegar a la casa, la culpa y el arrepentimiento la asaltaban, eran fantasmas que de a poco la atormentaban y amenazaban con poner en riesgo su feliz vida de princesa adolescente. Lau se sentía sucia, se asqueaba de todo aquello que representaba lo que éramos. Pudo haberse arrepentido a tiempo, pero tal vez, y al igual que yo, sintió que ya era demasiado tarde.

Las pequeñas criminales impunes expandirían su maldad cancerígena, llevándose por delante cuanta voluntad férrea existía y vulnerando a todo aquel que se encontraban a su paso. Todas se escudaban tras el disfraz de niñas obedientes, excelentes estudiantes y pertenecientes a familias "bien".

* * *

Eduardo era el hermano mellizo de Juliana, un tipo muy callado, no muy alto, pelo rubio, delgado y con gafas. Estaba enamorado de Lau, pero ella no le ponía cuidado, o por lo menos no durante quinto y sexto, pero en séptimo la cosa cambió un poco.

Supe que en una fiesta, en la casa de Valeria, se habían dado un beso y que ella fue la que lo buscó. A la edad de Eduardo no es mucho lo que los adolescentes sabemos sobre sexo o sobre relaciones, creo que todo lo aprendemos a través de amigos o del porno. Lau se quejó de que todos los besos se los daba con lengua y que desde el principio quería tocarla por todas partes.

—¡Qué tipo tan intenso! Me babeó toda, yo no sé si darle otra oportunidad. Quiere meterme a la cama de una y qué pereza. —La escuché decir cuando grababa un mensaje de voz.

Eduardo era buena gente, el típico *nerd* que es aceptado solo porque su hermana es popular, un personaje que no tenía muchas habilidades sociales y a quien su mamá calificaba como niño superdotado que debía ser aceptado en Harvard o en Oxford, aunque en verdad estuviera lejos de merecer ese calificativo.

Una vez, cuando estábamos en sexto, dejó de asistir durante un tiempo al colegio por una extraña enfermedad, según había reportado su mamá. Pero un día, en una de las piyamadas que hacían mi hermana y sus amigas en la casa de mis papás, supe lo que en verdad pasó: su mamá había subido a su cuarto para darle una sorpresa y, al abrir la puerta sin avisar, se vio horrorizada al encontrarlo dando un espectáculo que ninguna mamá debería ver, sentado frente al computador con una página porno abierta, gimiendo con la pareja del video.

Al escuchar el grito de su mamá, él trató de subir la cremallera de su pantalón y, por el afán, pellizcó a su mejor amigo, haciéndolo sangrar con profusión. No entiendo cómo cedió Lau a la presión para salir con Eduardo después de saber eso.

Pero la cosa con él no terminó ahí, pues en una fiesta, en la época en la que estaba saliendo con mi hermana, le dio por mezclar el coctel que le iba a entregar con un tranquilizante que, según él, la iba a excitar y le facilitaría las cosas.

Valeria me llamó aquella noche y me dijo que algo le pasaba a mi hermana. No lo pensé dos veces y volé hasta donde estaban. A pesar de todos los esfuerzos que hice para despertarla, Lau seguía inconsciente, vi su rostro pálido, sus labios resecos y partidos, y sus ojos por completo perdidos. No tuve más remedio que llamar a mi papá.

Según el médico de urgencias que la atendió, de habernos demorado más tiempo habría sido fatal. Mi papá me culpó por todo lo que había pasado.

—Te lo advertí, te lo dije. —Fueron las palabras de reclamo que resonaron en la sala de espera.

Fue una noche larga y angustiante en la que solo estábamos mis papás y yo. Fue la primera vez que noté que algo no estaba bien, aunque a nadie más pareció importarle.

Algunos creyeron que con un mensaje a través de Facebook era más que suficiente, otros subieron una fotografía con Lau como si con eso todo se arreglara.

Juanita Camacho

Mejórate pronto, un abrazo.

⚑ Destacar   ♀ Participar

Participa...   📄 archivos   fotos 📷

Roberto Díaz

Ánimo Lau.

⚑ Destacar   ♀ Participar

Participa...   📄 archivos   fotos 📷

> **Luisa Cardozo**
>
> **Un fuerte abrazo a todos y muchos ánimos.**
>
> ⚑ Destacar   ♡ Participar
>
> Participa...   ▤ archivos fotos 🖾

Es extraño cómo cambiamos nuestra forma de expresarnos, de conectarnos, de interactuar. Pasamos de lo presencial a lo digital. Con un simple "Mejórate pronto" asumimos que es suficiente para hacerles sentir a quienes queremos que estamos ahí para ellos.

Los sermones después de esa situación fueron largos. La cantaleta de mi mamá, los reclamos de mi papá y la zozobra en la que vivíamos no nos dejaron ver el trasfondo del asunto: el futuro estudiante de Harvard era un violador en potencia.

Lau sí estaba tomando, pero no tenía la intención de acostarse con él, todo era un plan elaborado para que ella perdiera la virginidad, ya que todas las demás se habían graduado en ese aspecto.

Ella decidió no denunciarlo, tal vez porque de alguna manera aceptó "ciertas condiciones". Prefirió ese silencio malsano que nos vuelve testigos mudos de nuestra propia tragedia, con tal de no perder a aquellos que nos dan ese *statu quo*, ese nivel social dentro de un círculo de personas falsas que se hacen llamar amigas. Callar se volvió ese trago amargo que no sé si tuvo que tomar por decisión propia, o solo porque no tenía cómo probar su teoría.

* * *

Lau y yo estábamos tomando caminos difíciles, y no éramos conscientes de la fuerza con la que esto nos golpearía como familia.

La comunicación con mi papá se fue rompiendo poco a poco y todo lo que me decía me sonaba a reclamo, a esas indirectas que ofenden, a esas palabras que no sé por qué me hacían explotar con gran furia.

Mi postura empezó a ser más defensiva, y entonces comenzaron los enfrentamientos. Al principio todo era verbal, pero la agresividad fue escalando hasta convertirnos en un par de desconocidos que querían liarse a golpes.

Me agobié en el silencio como causa perdida, como un torrente de agua que no sabe de dónde viene ni para dónde va, cuyo destino tal vez sea naufragar en un mar de desdichas, o en un campo de arenas movedizas pintadas de tragedia.

Recordé que habíamos dejado de abrazarnos hace ya mucho tiempo. Mi papá y yo éramos dos extraños que convivían en el mismo lugar, enemigos que por diferentes razones se tenían que soportar.

La leve hipocresía nos hizo hablar muchas veces y nos resignamos a la rutina familiar que nos ataba sin que los diálogos fueran tan profundos, sin que los espacios llenaran el silencio de una comunicación inexistente.

Él se sumergió en todo aquello que lo excusara de pasar tiempo con sus hijos, y yo me alejé con dolor. El que un día fue el feliz hogar Cárdenas, se había resquebrajado por completo.

Iba perdido en mis pensamientos mientras el auto avanzaba, rumbo a enfrentar la muerte de Lau. El cielo parecía entender todo aquello que cruzaba por mí ser. El firmamento se cerró y se vistió de gris, un gris oscuro que llevaba en sus entrañas aquellas lágrimas de tristeza que pronto cubrirían la ciudad y mi vida.

El tráfico se volvió lento, mucho más lento. No supe qué me llevó a esa situación, pero me hallé fuera del auto y comencé a correr en medio de la lluvia, estrellando mis pies contra los charcos recién formados y sintiendo mi ropa como una carga pesada, aunque no tanto como lo era todo el dolor que me embargaba.

—Cami, espera. No te vayas. Por favor, detente.

Una voz ahogada gritaba detrás de mí. Al comienzo se escuchaba muy cerca, pero fue alejándose despacio hasta que desapareció por completo y me dejó suspendido en el silencio. Mis pies se movían sin ser consciente de todo lo que pasaba a mi alrededor, de los pitidos de los autos que forzaban el avance de sus vecinos, de los estruendosos gritos de los vendedores ambulantes, de las gotas de lluvia estrellándose contra el suelo.

Sin embargo, un leve sonido fue haciéndose presente y reconocí su voz, sabía que era ella, sabía que era Lau. Cansado, empapado y con lágrimas en el rostro, que se confundían con la lluvia, me detuve. Giré y vi a María, la psicóloga, haciendo un esfuerzo sobrehumano para alcanzarme. Mi corazón se fragmentó de inmediato al percatarme de que la voz que había escuchado no era la de Lau, porque ella ya no podría hablarme.

Me arrodillé en el lodo junto a un potrero abandonado mientras desde los autos me llegaban miradas extrañadas de aquellos indolentes que presenciaban con lástima el pobre espectáculo que, sin saber, estaba dando.

Los truenos en el cielo fueron cada vez más intensos, al igual que la lluvia. El aguacero se tornó torrencial y el agua me golpeaba con fuerza, pero nada me importaba. La psicóloga me llevó hasta el auto otra vez y retomamos la ruta hacia mi casa. Mi cuerpo tiritaba, no solo de frío sino de ansiedad, debido a la abstinencia, esa sensación caprichosa que sufrimos los adictos, esa presencia fantasmagórica que se presenta con temblores, dolores insoportables y síntomas que rayan la irracionalidad. Sentía que el mundo iba y volvía, mi respiración se aceleraba y por momentos solo deseaba tener algo que me tranquilizara y que desapareciera el dolor.

Me pregunté por el camino muchas cosas, pensé en las palabras que nunca le dije a mi hermana; en los momentos que no pasé con ella; en tantas y tantas veces que me llamó, me escribió y yo solo me quedé callado; pensé en todas las preguntas que me hizo y yo nunca respondí.

No es la distancia lo que separa a las personas, sino el silencio malévolo que las envuelve como serpientes venenosas y poco a poco las estrangula.

Lau y yo siempre tuvimos una excelente relación. Sin embargo, como suele pasar en esta vida, damos las cosas por sentadas, y nosotros no fuimos la excepción. Nunca piensas que la existencia pueda ser tan frágil y que en cuestión de minutos esa persona con la que hablabas ya no esté, o tal vez seas tú quien ya no esté y dejes ese espacio vacío.

* * *

Cuando llegamos a la casa vi los troncos del jardín en los que solíamos sentarnos de niños, la vi correr allí, alegre, inocente y sin ninguna clase de miedo. Allí mismo nos habíamos sentado una tarde en la que me pidió que por favor dejara de consumir, que las drogas no me llevarían a nada bueno.

Ella buscó el momento preciso e intentó contarme por qué se sentía tan triste, quiso decirme algo que tenía que ver con ella, y yo solo me levanté, le di un beso en la frente y me perdí por dos días, de los cuales no recuerdo nada.

Al volver a la casa, Lau no solo evitó una tragedia, sino que me tranquilizó como solo ella sabía hacerlo.

Yo me había perdido en un coctel de drogas y alcohol con los que creía que eran mis amigos. Había salido un viernes y regresado el domingo. Fue tan bajo lo que caí, que mi organismo se desordenó de tal manera que ya no podía controlar mis esfínteres. Llegué golpeado, no porque alguien más lo hubiera hecho, sino porque estaba tan drogado que perdí el equilibrio y me caí varias veces. Estaba sin un peso y completamente sucio. El cuadro familiar no podía ser más patético: mi mamá de rodillas, dando las gracias a Dios porque yo había aparecido, Lau suspirando para mostrar su alivio, y mi papá, bueno, él perdió la paciencia y me dio toda la cantaleta posible.

—Camilo, si va a seguir en esas es mejor que coja camino porque esta no va a ser más su casa. Usted está al borde de la indigencia y este no es un refugio para drogadictos. Mire a su mamá, se la ha pasado llorando todo el tiempo. Patricia, deje de llorar por este vago que además llega cagado a la casa, ahí tiene a su bebé convertido en una piltrafa humana.

Las palabras de mi papá estallaron en mi cabeza, tal vez no fue lo que decía sino cómo lo decía y, sobre todo, la forma en la que le habló a mi mamá, o quizá esa era la excusa que yo estaba esperando para explotar.

Todo fue subiendo de tono. Acompañando el volumen de nuestras voces, los empujones se hicieron presentes, adornados por los gritos de mi mamá y el llanto de Lau. Mi papá me dio una bofetada, y yo reaccioné y le tiré una patada que se estrelló en la parte exterior de su muslo izquierdo. Lo vi cojear, no sé de dónde sacó un palo y vi en sus ojos la intención de golpearme, así que se lo quité de las manos y traté de pegarle con todas mis fuerzas. En medio de la lucha, mi mamá cayó y se golpeó contra el comedor, mientras Lau, mi papá y yo forcejeábamos en una danza violenta hasta llegar a las escaleras. Él me sujetó con fuerza, al tiempo que Lau fue a levantar a mi mamá. Ahora los hombres de la casa estábamos solos en esa lucha titánica. En un momento dado, mi papá quedó sentado sin saber qué hacer mientras yo, con torpeza, me zafaba de su yugo y levantaba el palo para golpearlo, entonces Lau apareció de la nada en medio de los dos.

—¡Si es tan machito, pégueme! A ver, lo estoy esperando. ¡Usted a mis papás no los toca! Son lo único que tenemos.

Su rostro, inundado de lágrimas, sus uno cincuenta y siete de estatura y su actitud desafiante me hicieron reaccionar. Solté el palo y me arrodillé para llorar con ella y decirle cuánto lo sentía, les pedí perdón a todos, pero mi papá no estaba dispuesto a ceder. Todavía en estado de recuperación por la pelea, trató de arreglarse la camisa y calmarse un poco para decirme:

—Busque para donde irse porque yo, así como está, no lo quiero acá. Váyase con los hampones de sus amigos y con la putica esa con la que anda. A mí me respeta la casa.

Lau lo amenazó con irse conmigo si insistía en sacarme de allí, y así compró tiempo para que yo pudiera quedarme.

Los días por venir fuimos unos autómatas, el silencio reinaba en la casa, mi mamá me insistía con el desayuno, Lau bajaba las escaleras y se dirigía hacia la ruta, y yo caminaba detrás de ella. Mi papá salía muy temprano y regresaba muy tarde, evitando estar en la casa ante su incapacidad para saber qué hacer. Nos volvimos una familia fantasma, teníamos problemas y no queríamos enfrentarlos, solo deseábamos que, de alguna u otra forma, aquello que nos agobiaba desapareciera, aunque ninguno hacía nada en absoluto por lograrlo.

Mis papás estuvieron todo ese tiempo esperando a que les llegara la noticia sobre un accidente fatal en el cual yo perdía la vida, una sobredosis, una pelea, no sé, pero el destino en su ironía nos dejó ver que, quien creíamos libre de todo problema y de todo pecado, sería la protagonista de ese macabro titular.

Lau y yo tomamos rumbos muy distintos, pero igualmente peligrosos. La diferencia fue que el mío era evidente y ruidoso, y el de ella, bueno, ese camino fue espinoso, silencioso y toda una olla a presión, una bomba de tiempo casi imposible de desarmar, escondida en lo más recóndito de su corazón.

***

Recuerdo que llegamos a la casa y abrí la puerta del auto para bajarme. El frío me calaba los huesos, el gélido viento silbaba como un llanto desgarrador que rompía el silencio en el que me había encerrado.

Alguno de los vecinos corrió su cortina para ver mi imagen, para ver el lamentable estado en el que me encontraba y en el que quedaría cuando confirmara la noticia. Recuerdo que llegué a la puerta y, con un temor gigantesco, timbré...

Capítulo 3

LA PUERTA DE MI CASA se abrió con lentitud, y no niego que detrás de ella esperaba ver a mi hermana, pero eso no era posible, porque ahora ella estaba muerta. Me decepcioné al ver a quien mi papá había llamado "la putica esa", Valeria Baquero.

Ella fue una de las mejores amigas de Lau, además de mi novia por más de un año. Me recibió con un abrazo, pero no de esos que reconfortan y sanan, sino como un mero acto de hipocresía.

Valeria y yo nos cuadramos formalmente cuando cumplí los diecisiete años. Ambos habíamos decidido perder la virginidad juntos, pero no teníamos nada serio.

A mí me gustaba una chica llamada Érika Tovar, la típica niña bonachona, de cara bonita y buenos modales, de esas que uno quiere presentarle a la mamá. Yo también le gustaba mucho a ella, ya nos habíamos dado algunos besos. Estábamos destinados a tener algo, pero ahí se interpusieron "las arpías" y Valeria se encargó de hacerle saber sobre nuestros encuentros sexuales, mostrándole los chats que teníamos en común.

Es muy difícil resistirse a los encantos físicos de Valeria: uno sesenta y ocho de estatura, cuerpazo, tez tersa, ojos marrones grandes, pelo liso y largo, músculos bien definidos, sensual manera de bailar, en fin, la tentación más dulce que alguien se pueda encontrar. Caí redondo.

Me dolió mucho perder a Érika, me estaba enamorando por primera vez de alguien, pero ella es de esa clase de personas que no perdonan una infidelidad. Muchas veces quise hablarle, pero nunca me dio la oportunidad. Me destrozó el corazón verla algunos meses después con otro tipo del conjunto donde ella vivía, y de tanto dolor me refugié en Valeria, en el alcohol y en las drogas, buscando librarme de toda la mierda que llevaba dentro.

Valeria es la clase de chica a la que no le importa enviar fotografías o videos donde esté desnuda. Parecía excitarle el hecho de ser vista por otras personas, a tal grado que no me dijo nada al enterarse de que, antes de hacer lo nuestro formal, yo compartía sus fotografía con mis amigos.

Ella se convirtió en algo así como mi refugio, pero también en una mala influencia. El sexo y las drogas no son una buena combinación, pero esa mezcla es peor cuando quien la maneja es Valeria: me regalaba diferentes pepas de éxtasis, no sé cómo, pero se volvió amiga de varios *dealers* y estos le daban esos "regalitos".

Me encantaba cuando iba a su casa, la veía moverse despacio hacia mí mientras se mordía los labios, me besaba y la pasión crecía, y de repente tomaba una de esas pastillas, la ponía en su lengua y me la daba. Me volví adicto a esa situación. Me volví adicto a esos demonios. Me volví adicto a ella.

* * *

Mi casa estaba llena de gente del colegio, incluso vi a Sachi que, por desgracia, estaba repitiendo año y ahora era mi compañero de curso. Estaban también varios familiares, amigos de mis papás y personas del barrio. Todos se quedaron en silencio y se voltearon a mirarme cuando entré, como quien ve a un ser extraño.

Mi papá salió a recibirme, vi sus ojos vidriosos y su cara muy congestionada, estaba completamente descompuesto. El viejo avanzó dos pasos hacia mí, me miró fijamente y, sin decir una palabra, me abrazó. Sentí esa energía que solo genera alguien que de verdad te ama, sentí su perdón, sus esperanzas y sus sueños. Entonces nuestro llanto quebrantó la quietud que se había posado en toda la casa. El silencio que nos separó durante tanto tiempo al fin nos daba una tregua.

—¿Por qué? —dijo mi papá, como elevando una protesta al cielo, intentando encontrar una respuesta para lo que estaba pasando.

A nuestro lado se hizo mi mamá, quien nos abrazó. Es irónico cómo una tragedia de esta dimensión fue la forma perfecta para hacer que una familia se volviera a unir.

Subí a mi habitación para cambiarme y pasé junto al desolado cuarto de Lau.

Entonces recordé esa sensación que produce caminar en la oscuridad, cuando estás solo y piensas que algún fantasma o un monstruo nocturno está al acecho. Valeria me siguió hasta la puerta, pero cuando abrí, solo le hice una seña con la mano y me negué, por primera vez en mucho tiempo, a aceptar su compañía.

Sentí que bajó las escaleras, esperé un momento, tal vez veinte minutos, respiré profundo y salí. Caminé hasta la puerta del cuarto de Lau, me detuve y dudé por un instante, me quedé perplejo mirando la puerta y con la mano levantada, tal vez amenazando con intentar abrirla.

Por primera vez en mi vida me pregunté sobre todo aquello que me encontraría allí. Di dos pasos y al fin entré. La luz que se colaba por la ventana era suficiente para poder notar a simple vista su ausencia, y no me refiero al hecho físico de no encontrarla allí, sino a esa sensación que impacta nuestro espacio cuando lo dejamos abandonado, cuando se llena del perfume de nuestra soledad. Había una huella del momento en el que estuvo recostada en la cama, la puerta abierta del armario delataba que había buscado una chaqueta, el portarretratos de su mesa de noche estaba bocabajo como queriendo evitar la mirada acusadora del personaje de la fotografía.

Me senté en ese mismo espacio y levanté el portarretratos. Siempre creí tener un mapa mental de todos los rincones de mi casa, y no me había dado cuenta de que Lau había cambiado ciertas cosas en su cuarto, entre ellas la fotografía que estaba sobre su mesita de noche, que antes nos mostraba a nosotros dos junto a Sammy, luego fue reemplazada por una toma familiar, y ahora la mostraba agarrando el brazo de su edecán de fiesta de quince años. Allí estaba yo, de la mano de la mujer a la que más había amado en el mundo, la mujer que se había marchado sin que tuviéramos la oportunidad de despedirnos.

Mientras estaba ahí sentado, vi a Tábata dormida encima del escritorio que daba hacia la ventana, donde solía esperar la llegada de Lau, presta a bajar las escaleras y recibirla, refregándose en sus piernas, con la cola levantada. ¿Cómo hacerle entender a ese animalito que esa niña que tanto amor le daba no volvería?

* * *

Entonces recordé todas las veces que Lau sufrió para poder escaparse en las noches por esa misma ventana porque no le daban permiso para ir a alguna fiesta, o para irse con el novio que más le había durado —mi hermana no era nada fácil, tenía un temperamento dominante—, Pipe Olaya, un estudiante de otro colegio al cual conoció en un concierto y con quien se gustaron desde el comienzo. A mí el tipo no me caía mal, yo solo quería que no la fuera a cagar con mi hermana, por lo que lo amenacé un par de veces.

Cuando ella decidió que Pipe era un hombre que valía la pena, inició con él su vida sexual. Muchas de las escapadas tenían como objetivo pasar un tiempo con él, y varias veces mi mamá la pilló porque Tábata se hacía en la ventana como un obstáculo, maullaba, se desesperaba y la echaba al agua.

Una noche Lau regresó y no encontró a Tábata. Su dolor no se hizo esperar y lloró durante todo un día. Se culpaba a sí misma por la posible huida de la gata. Horas más tarde, una vecina timbró y, cuando abrimos la puerta, la felicidad de mi hermana fue completa: la señora traía en sus brazos a aquel ser que se había convertido en una extensión de su existencia.

* * *

Vi que mi mamá entraba a la habitación y se sentaba en silencio junto a mí. No eran necesarias las palabras para expresar el dolor que sentíamos. Mi mamá era una mujer muy valiente que se había enfrentado antes a la muerte. Había superado un cáncer de seno, con tesón y con dedicación logró salir adelante, sus ganas de vivir y de ver crecer a sus hijos la hicieron ir más allá de la humillación provocada por los síntomas de la quimio y la depresión por las biopsias, sus creencias la aferraron a este mundo cuando los mismos médicos no le daban más de un año. En contra de todo pronóstico, sobrevivió.

—Vamos a tener que ser muy fuertes, vamos a unirnos como la familia que somos. Tienes que preguntarte qué es lo que ella quería para ti. Sé que Lau te amaba más que cualquier cosa en el mundo. —Las palabras de mi mamá se ampararon en un abrazo fuerte, de esos que no quieres que terminen.

—¿Qué pasó? No entiendo nada —pregunté, tratando de encontrar la verdad.

—Yo tampoco. Sé lo que nos ha contado la Policía. Los encontraron a ella y a Rafa en el *jacuzzi* de un motel…

—Pero ma, no entiendo nada. ¿Con Rafa? Ellos solo eran amigos. ¿Cómo pasó todo esto? —Odiaba cuando nada de lo que me explicaban tenía sentido, cuando las cosas se me salían de las manos.

—La hipótesis inicial que maneja la Policía es la de un suicidio acordado, pero nada encaja, nada cuadra. Solo sé que, en estos momentos, dos familias perdimos a nuestros hijos —dijo mi mamá mientras agachaba la cabeza y se cubría el rostro con las manos.

* * *

Rafa y yo nos conocíamos desde preescolar, era un tipo pelirrojo, buena gente, a veces saboteaba las clases, pero era uno de esos estudiantes que siempre defendían a los profesores y nos hacían reflexionar.

Aunque pertenecía a mi grupo y a veces participaba en las cosas que hacíamos, él y otras personas decidieron tomar distancia de nosotros para no verse involucrados en cuanta estupidez se nos ocurría.

Cambió bastante con el paso del tiempo, se le notaba más callado, más retraído. Empezó a ser diferente. Muchas veces dejó de ir al colegio por semanas, al parecer a causa de unas migrañas impresionantes. En repetidas ocasiones lo traté de cobarde por alejarse y no formar parte de las cosas que nosotros hacíamos, para volver luego de que todo se descubriera a reintegrarse en el grupo.

Poco a poco logró convertirse en el mejor amigo de Lau, su confidente, su alma gemela, según él decía. Hasta donde yo sabía no eran pareja, ambos se asesoraban en el campo amoroso, pero nada más. Ella le sugería con quien debía salir y viceversa. Tal vez en algún momento se besaron, como tantas veces pasa, pero nada serio.

Rafa era hijo único, un poco caprichoso, y sus papás le daban gusto en todo. No obstante, de alguna manera evitó que Lau se consumiera en las drogas como yo, él fue su polo a tierra.

Por eso era difícil entender que ellos se hubieran puesto de acuerdo para morir al mismo tiempo, era algo que no me cabía en la cabeza.

* * *

Mi mamá y yo nos levantamos porque las visitas que habían llegado a dar el pésame se estaban yendo. Bajamos las escaleras y se despidieron uno por uno. Fue un momento incómodo para todos.

Alonso Miranda, uno de los amigos de mi papá, trabajaba en la Fiscalía y estaba ayudando para tratar de esclarecer las cosas y que Medicina Legal entregara los cuerpos. Se quedó un poco más y pidió que Valeria y yo le contestáramos algunas preguntas.

Al comienzo me negué porque no sentía ganas de nada en absoluto, pero mis papás me pidieron que aceptara. Les costó una hora convencerme, pero al fin di mi brazo a torcer y accedí.

—¿Tienes alguna idea de cuál era la relación de tu hermana con Rafa? —Lo miré a los ojos. Me quedé en silencio sin pestañear. Él suspiró profundo y dijo con voz de decepción—: Tal vez debamos dejar esto para otra ocasión. —Lo vi levantarse del sofá de forma resignada.

Pasaron unos segundos, no sé cuántos, pero el silencio nos abrazó mientras las miradas de todos se clavaban en el suelo como quien busca escapar de un momento inadecuado e incómodo.

—Un momento, yo quiero saber qué le pasó a mi hermana. Le juro que, si promete averiguarlo, le contesto cualquier pregunta. Por favor, cuénteme todo lo que sabe hasta ahora.

El hombre miró a mis papás en busca de su aprobación. El silencio volvió con más fuerza, pero segundos después mi papá asintió, dando su autorización.

—Bien, trataré de ser lo más conciso posible. Tu hermana y Rafael entraron a un motel en el norte de la ciudad. Rafael pagó lo suficiente para estar hasta el día siguiente. Los trabajadores tenían dudas sobre la edad de tu hermana y le pidieron la cédula, ella mostró la contraseña que, a la postre, descubrimos que era falsa. Nadie escuchó nada y tampoco vieron algo que les llamara la atención. El supervisor del turno de la mañana llamó a la puerta de la habitación porque ya se había vencido el tiempo, pero no recibió respuesta. Insistió varias veces, de modo que, por protocolo, llamó al administrador y, con dos personas más, abrieron la puerta. Tu hermana y Rafael ingirieron licor con varias pastillas de un tranquilizante llamado Cuait-D, pero eso no los mató, a lo sumó los intoxicó. Ambos tenían una herida en el brazo, se cortaron la arteria humeral o braquial, por lo que se desangraron en menos de un minuto, sin que ninguno de nosotros entendiéramos el porqué de esa situación. Ambos cuerpos fueron encontrados en el *jacuzzi*. Medicina Legal está tratando de determinar la causa exacta de la muerte y, con eso, nosotros trataremos de establecer responsabilidades. Queremos saber si por alguna situación escolar o familiar se vieron forzados a tomar esa decisión.

No me cabía nada de eso en la cabeza. Tampoco me podía imaginar a mi hermana en ese sitio, en un *jacuzzi* lleno de sangre.

Pobre mi papá, tuvo que ir al lugar y, tal vez, verla ahí, desnuda y vulnerable, observada por quién sabe cuántos policías y trabajadores del motel.

—Hasta donde yo sé, mi hermana y Rafa eran solo amigos. Si hubieran tenido otro tipo de relación, estoy seguro de que ella me lo habría contado —le dije, tratando de contestar a la pregunta que me había hecho.

A quién engañaba: mi hermana y yo habíamos perdido esa confidencialidad hacía tiempo. Yo ya no estaba en la casa y, en apariencia, ninguno de los dos parecía interesado en saber sobre los asuntos del otro. Yo me sumergí en el proceso de rehabilitación y andaba tan inmerso en mis problemas que me olvidé del resto del mundo.

—Ellos dos estaban en cosas muy raras —intervino Valeria—. Hace meses que Lau andaba mal. Verán, hay una niña que se llama Lina Cuadros, es una chica muy extraña y desde que llegó a estudiar con nosotros se hizo amiga de los dos. Según lo que sé, Lau y ella tuvieron un problema porque en una fiesta, Pipe, que era el novio de Lau, le puso los cachos con Lina quien, no contenta con acabar la relación, comenzó a joder a Lau, amenazándola con publicar unas fotografías que Pipe le había mostrado donde ella aparecía desnuda.

Todos quedamos perplejos con esa información. La voz de Valeria estaba cargada de lástima y condescendencia, poniendo demasiado énfasis en sus afirmaciones. Siempre se destacó por ser odiosa, y creo que mi papá terminó por odiarla más ese día.

Alonso anotó cada nombre y detalle que Valeria contaba pues, aunque no había ninguna evidencia de las cosas que decía, porque eran simples rumores y chismes, había que descartar todo y tratar de saber algo que valiera la pena, así las cosas sonaran disparatadas. No sé por qué pensaban que de esa manera iban a solucionar algo, si mi hermana no reviviría, no volvería a estar con nosotros. Para eso no había solución posible.

El hombre se marchó con la información que le dimos y, aunque Valeria deseaba quedarse un rato más, yo ya no quería ni podía soportar su presencia. Su voz me fastidiaba, me molestaba su actitud de querer arreglarme la vida, y odiaba las palabras que utilizaba para decirme que saldríamos adelante con todo esto y que quería verme feliz. No la saqué a empujones porque no quería molestar a mis papás y causarles otro problema.

* * *

No terminaba de entender qué papel desempeñaba Lina Cuadros en todo esto. Había llegado al colegio y entrado al curso de mi hermana en el segundo semestre, cuando estaban en noveno. Lina era una niña solitaria, no porque le tocara, sino porque quería. Mi hermana la acogió, aunque eran como el agua y el aceite. Lina adoptó el papel de gótica, de niña oscura, siempre estaba vestida de negro, haciendo que su rostro pálido resaltara más al delinearse los ojos y los labios de ese mismo tono. Sus *piercings* y sus tatuajes la hacían un poco enigmática y fuera de tono entre tanta niña "bien". Aunque algunos decían que tenía buen cuerpo, nadie se atrevía a caerle porque no era nuestro tipo de mujer y mucho menos del tipo que se metiera con Pipe, o al revés.

En fin, mi hermana la trajo a la casa un par de veces y trataba de ayudarla para que encajara pero, a pesar de todos los esfuerzos, Lina se marchó del colegio, tal vez mes y medio antes de la muerte de Lau.

* * *

Aquel día se esfumó como si el tiempo se derritiera a través de un sifón, y la noche llegó con la incertidumbre de saber qué nos traería el mañana. Ese vacío que sentíamos en la casa jamás sería llenado, y mucho menos el de nuestros corazones.

Conviví con un insomnio aterrador. Me era muy difícil conciliar el sueño, por más esfuerzos que hiciera. Creo que mis papás tampoco se sentían lo suficientemente cansados como para cerrar los ojos. Yo quería soñar y poder abrazarla, pero también sentía que sería muy triste despertar y saber que nada de eso había sido real. Los pensamientos me atacaron de tal forma que la cabeza me comenzó a doler. Me aterrorizaba también cerrar los ojos y ver la escena macabra de su muerte, mis demonios me atacaban y se alimentaban de mi temor, de mi frustración y de mi soledad, y otra vez el fantasma de la abstinencia volvía a hacer presencia: los temblores, la ansiedad, la irritabilidad y, sobre todo, el *craving*, ese deseo apremiante e incesante de consumir lo que fuera para tranquilizarme. Todo esto hacía que mi fuerza de voluntad flaqueara por momentos pero, de alguna manera, un escudo protector parecía levantarse a mi alrededor, y toda esa sensación desaparecía.

La mañana del día siguiente llegó fría, gris y turbia, y el mundo giró sin importarle mi desgracia. Al abrir los ojos tomé el celular y me encontré con muchos mensajes hipócritas de condolencia.

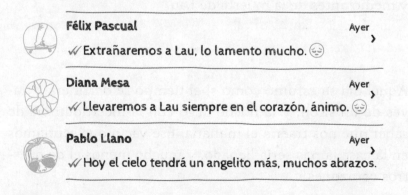

Félix Pascual Ayer

✓✓ Extrañaremos a Lau, lo lamento mucho. 😔

Diana Mesa Ayer

✓✓ Llevaremos a Lau siempre en el corazón, ánimo. 😔

Pablo Llano Ayer

✓✓ Hoy el cielo tendrá un angelito más, muchos abrazos.

Opté por ignorar ese cúmulo de palabras sin sentido que parecían salir de un listado de frases motivacionales, un cliché de lo absurdo que nos lleva a cumplir con unas reglas de ética social.

Había dormido pocas horas. Me puse de pie, sentí mi boca reseca y mi lengua parecía un papel arrugado, el frío me calaba los huesos y la espalda me dolía, como si hubiera cargado la Estatua de la Libertad sobre los hombros.

Mi papá había salido muy temprano para firmar todos los papeles legales para la entrega del cadáver. Mi mamá estaba en la sala rezando el rosario; esta vez le devolví el favor y me senté a su lado. No recordaba ninguna oración, por más que lo intentara, y tampoco sentía que me importara de corazón. A pesar de haber crecido en un hogar devoto, me había alejado de toda creencia algunos años atrás. La manera en la que mi mamá oraba me hizo notar la convicción con la que le pedía a su Dios que cuidara de Lau. A mí todo eso me parecía una pendejada total, pero en ese momento di el brazo a torcer.

El teléfono no dejó de sonar en toda la mañana. Me sorprendí cuando supe que una de esas llamadas era para mí. Yo no quería atenderla, pero mi mamá insistió. Tomé el teléfono para saber quién era, pues mi mamá se negó a decírmelo. Pensé que sería Valeria y la iba a mandar a la mierda, pero me quedé de una pieza cuando escuché esa voz.

—Cami, en verdad lo siento. Lau era una hermana para mí y estoy muy triste. Marica, varias veces hablamos y nunca me imaginé que ya no la volvería a ver. Lo siento mucho, hermano. —Sammy, el mismo que nos había acompañado de pequeños y al que yo había despreciado, estaba al otro lado del teléfono, sollozando de tal manera que casi no entendía sus palabras.

Sentí su honestidad y su pureza. Recuerdo que mis lágrimas brotaron, no por la tristeza que me cobijaba, sino por la lección de humildad que me daba Sammy, al que en verdad quería. Su voz fue un fuego reconfortante, un aliciente que me daba un poco de paz en un momento tan difícil como ese. Nuestra amistad había pasado por muchas cosas, pero Sammy estaba recogiendo los pedazos poco a poco y volviéndolos a unir.

Capítulo **4**

AL ENTRAR EN MI ADOLESCENCIA era una persona alegre, algo vanidosa, con mucha gente cerca pero que en el fondo se sentía muy sola. No sé el momento exacto en el que me perdí. Nunca supe darme cuenta de cuán extraviado llegué a estar.

Con el paso del tiempo me tocó dejar las ínfulas de todopoderoso. La vanidad que me cubría se comenzó a diluir a medida que aumentaba mi incapacidad de razonar debido a toda la droga que consumía. Quise dejar atrás la soledad que me acompañaba y creí que la mejor forma de hacerlo era a través de la humareda de marihuana que exhalaba todos los días, de cuanta cosa inhalaba o de las pepas que me metía.

Pensé que era un niño feliz, uno que tenía todo y al que, según mi mamá, Dios lo había premiado con una familia perfecta, inteligencia, belleza, en fin, todo lo que cualquier ser humano quisiera tener. No éramos ricos, pero no faltaba nada en la casa, bueno, al menos nada material.

Mi papá siempre nos llamaba del trabajo y creía que de esa manera nos acompañaba. Mi mamá estaba en la casa casi todo el tiempo, pero también se encontraba ausente de alguna forma. Sus convicciones y sus creencias la hacían pensar que todo estaría muy bien si dedicaba su vida a Dios, por lo que siempre estaba lista para su grupo de oración y para la iglesia.

Las directivas del colegio tenían una excelente imagen de mis papás, los consideraban excelentes padres porque siempre iban a cualquier actividad que se realizara y que tuviera que ver con nuestra educación. Pero nos encontrábamos lejos de la realidad que los demás veían, con una distancia tan marcada que dolía a cada centímetro.

Mi mamá empezó a encontrarme cocaína, marihuana y demás en el estuche de las gafas, entre las medias, o en cualquier prenda de ropa. Yo encaletaba la droga en los empaques de la loción o donde fuera, me daba cuenta de que ella sabía todo.

Aunque algunos profesores trataron de advertirle, mi mamá me blindaba con su escudo maternal, tal vez pensando que esto no pasaría a mayores y que era solo una etapa temporal por la que todos los adolescentes pasan.

Recuerdo que, cuando estaba en noveno, llevaba el año más que perdido, pero mi mamá consiguió fastidiar tanto en el colegio que me dieron como diez oportunidades hasta que pasé. No solo contrató a profesores particulares para que me explicaran, sino que logró que me ayudaran a realizar los talleres de recuperación. En síntesis, no hice un carajo, e incluso con uno de esos profesores nos pusimos a meter marihuana toda una tarde mientras mi mamá estaba de compras.

Ninguno de nosotros parecía preocuparse por todo lo que sucedía y yo cada vez me hundía más. Mi mamá intentó ponerle fin a todo, o por lo menos hacerme reaccionar. En algún momento tuvimos una conversación al respecto y yo le dije que la droga que había encontrado no era mía sino de mis amigos, porque yo me prestaba para ayudarles a guardarla, que a lo sumo había fumado un poco de marihuana porque había leído que eso me aliviaba el dolor de cabeza, e incluso le mostré un artículo científico sobre las bondades de la misma. Ella me creyó, o quizá en su ignorancia pensó que, al seguir rezando, yo dejaría todo atrás como si fuera un milagro.

Las alarmas dieron la alerta, pero nadie quería ver la realidad. Yo creía que tenía todo bajo control, mi papá nunca estaba, y mi mamá y mi hermana creían que saldríamos adelante.

Mi aspecto físico y mi forma de vestir comenzaron a cambiar, me veía acabado, como recién levantado, pero sin poder dormir. Me fui abandonando en mi aseo personal: mal aliento, uñas largas y sucias, me dejaba las medias y los calzoncillos tres o más días. El olor que despedía mi cuerpo era nauseabundo, pero a mí no me importaba. Comencé a olvidar cosas, a volverme torpe, así como a ponerme agresivo cuando no consumía algo. Lo único que me tranquilizaba eran todas las cosas que metía.

* * *

Una noche cualquiera, de esas que en verdad no quisiera recordar, fui atrapado por la Policía mientras compraba más droga. Eran casi las dos de la mañana y me llevaron a la comisaría. Fui tratado como un vil criminal, una persona que no tiene derecho a refutar. Me hacían muchas preguntas a las que se me dificultaba responder, por el "viaje" tan largo en el que estaba.

Olvidé por un momento cuál era mi nombre o dónde vivía, los policías se desesperaban y me trataban mal. Recibí varios bolillazos y empujones. Llamaron a mi casa, pero solo estaba mi mamá, que se dirigió de inmediato al lugar. Con seguridad, en el camino se imaginaba lo peor, por eso, cuando llegó no pudo más y se desmayó.

Los policías la auxiliaron y, cuando despertó, la escucharon conmovidos. Por desgracia, su historia no me sacaría de inmediato de allí. En mi delirio le decía que teníamos que huir porque nos iban a sacar los órganos para traficar con ellos. Cuando comencé a aterrizar del "viaje" comprendí un poco más la situación en la que me había metido.

—No sé qué hacer contigo. Llegué a pensar que estabas muerto. Gracias a Dios no te pasó nada. Ahora vamos a tener que buscar ayuda porque te acusan de haberte metido a un apartamento a robar y de haber golpeado a una persona, dicen que después te fuiste a comprar drogas y que ahí te agarraron.

Yo lo negué todo y me hice el inocente, argumentando que estaba en una fiesta y que alguien me había echado algo en el trago, que no recordaba nada.

Las cosas se pusieron difíciles cuando llegó el reporte de Medicina Legal. Al parecer había atacado de forma violenta al portero de un conjunto, causándole lesiones en un ojo, los labios, la nariz y los pómulos, además de dejarle un diente roto. Mi mamá llamó a un abogado que iba con frecuencia al grupo de oración y lo convenció de ayudarme. Acordó darle una suma a la víctima de mi ira, un hombre humilde llamado Saturnino y que a duras penas tenía EPS. El pago era una indemnización por cuatro millones de pesos para que retirara los cargos y se olvidara del asunto. Mi mamá se había gastado los ahorros que tenía para sacarme de semejante embrollo. Todo esto fue a escondidas de mi papá, quien vivió mucho tiempo sin saber de esta clase de situaciones, pues de haberlo sabido habría pensado que echarme de la casa era la única solución. No obstante, él tenía esa gran duda que en el fondo era una certeza, de aquellas que los papás tratan de ignorar pero que siempre estuvieron ahí, aunque él nunca se sentó a hablar de aquello conmigo, o por lo menos no por las buenas.

* * *

Jamás fui el culpable de nada, eso siempre me lo hicieron saber mis papás. Culpables el colegio, los profesores, las directivas. Culpable esa noviecita que tenía, culpables Juanes, Mateo, Rafa. Culpables la televisión, los videojuegos, Facebook, Internet, la música que escuchaba, pero ¿yo? ¡Jamás!

Me convertí en lo que menos querían mis papás gracias a una sobreprotección enfermiza que no nos dejó ver la realidad. Entiendo cómo se debió sentir mi hermana al ver que, durante casi tres años, la atención se centró en mí, sin dejarle una puerta abierta para hablar de sus cosas.

Yo me acostumbré a perderme en mis "viajes", a consumir donde fuera y con quien fuera. Le había prometido a mi mamá que no volvería a hacer esa clase de cosas, pero pasadas dos semanas volví a las andanzas.

Cuando tenía muy poco dinero buscaba las cosas más baratas: *popper*, algo de marihuana o incluso bazuco. Tenía "amigos" que se trababan conmigo, pero a ellos les quedaba muy fácil dejarlo o parar por un tiempo.

Sin saberlo, mi mamá me convirtió en un ente, en un completo inútil gracias a sus excesivos cuidados, un ser que no podía enfrentar la vida por sí mismo y que necesitaba escudarse en cuanta mentira existiera. Era una sombra lejana y borrosa de lo que soñaba ser, una estrella fugaz que se diluye en el cielo.

No me reconocía cuando me veía en el espejo, era como un extraño que caminaba sin rumbo, esclavo de mis adicciones y de mis tormentos, pero incapaz de enfrentar mis propios demonios.

Estuve a un milímetro de la indigencia, a un paso de la muerte. Bordeé la locura.

Esto sucedía mientras todos nos seguíamos mintiendo, sin querer darnos cuenta de que nada de lo que pasaba era normal. Las personas que te rodean y que pueden hacer algo por ti prefieren mirar hacia otro lado, evitar el tema y hablar a tus espaldas.

* * *

Toqué fondo cuando me comencé a inyectar. Después de una pelea con mi papá, salí de la casa sin rumbo fijo y me encontré con un tipo al que había visto un par de veces en fiestas con gente del colegio. Nos tomamos una de guaro en un parque que había cerca de nosotros. El frío fue desapareciendo mientras el calor de cada sorbo parecía fortalecer nuestros lazos de amistad, calentando nuestra idea de ser incomprendidos.

Terminamos hablando con un tipo alto y delgado, de pelo largo, algo mayor que nosotros. Poco a poco se fue ganando nuestra confianza, primero con cigarrillos y después con marihuana. Dijo llamarse Víctor.

Entrada la noche nos invitó a un sitio que, según él, era de un amigo. El lugar estaba abarrotado de gente de todas las edades. Vi a muchas niñas venderse por droga. Al principio estábamos algo asustados, pero esa sensación de temor fue desapareciendo poco a poco.

En el sitio había *show* de *striptease*. La música nos envolvió con su furor mientras el recién conocido nos acomodó en un sitio privilegiado, donde no estábamos a la vista del resto de la gente. Nos sirvieron más guaro y nuestro anfitrión, al que llamaban el Viruñas, nos trajo a unas niñas espectaculares que no superaban los dieciocho.

Más alcohol y más marihuana adornaron la mesa, y el Viruñas, como buen anfitrión, nos presentó su novedad.

—Parceritos, este es un nuevo "condimento" que me llegó ayer y lo quiero compartir con ustedes. Se inyecta, pero frescos que soy un tipo precavido, todos tienen una jeringa sellada y limpia para que no les dé asco, y para evitar enfermedades. Les voy a enseñar cómo se hace para que aprendan a jugar con buenas cosas —nos dijo mientras nos mostraba los elementos.

Tomó el brazo de una de las chicas que nos acompañaban, le hizo un torniquete con un caucho y buscó una vena, haciéndola brotar al golpearla con los dedos. De un recipiente pequeño sacó un líquido de un color indefinible y con la jeringa se lo inyectó. El efecto fue inmediato, la vimos caer como en un trance, lucía tranquila y relajada, por lo que quisimos lo mismo para nosotros.

Nos metimos la primera dosis y el "viaje" fue intenso. Recuerdo que estaba sentado en la mesa y después me llegó la euforia: me vi bailando con la chica que estaba a mi lado, brinqué, corrí, empujé gente y me reí sin parar.

Más tarde estaba besándome de forma apasionada con ella, por lo que el Viruñas nos ofreció una habitación libre en la parte de atrás. Antes de ir hacía allá, me puso una jeringa, un condón y una dosis del nuevo "condimento" en el bolsillo de la chaqueta.

Una vez en la habitación, mi acompañante me ayudó a inyectarme. A partir de ahí, los retazos de recuerdos que tengo son algo vagos, pero cuentan parte de la historia que me llevó a parar un poco.

En mi nueva euforia tuve sexo desenfrenado con aquella chica, cuyo nombre y rostro apenas recuerdo. Solo sé que, cuando el efecto se me estaba pasando, la vi inconsciente y desnuda en la cama. Me asusté porque le vi algo de sangre en la nariz y grité, abrí la puerta y pedí ayuda. En menos de un minuto llegaron varias personas que preguntaron:

—¿Qué pasó?

—¿Qué le hizo?

La verdad, nunca supe qué sucedió exactamente esa noche con ella. Al comienzo pensaba que estaba muerta pero, al parecer, la había golpeado de alguna manera.

—Fresco, viejo, que la nena está bien —me dijo el Viruñas con voz ronca y profunda—. Solo le voy a pedir que me ayude con la cuenta, mi *bro*, porque todo esto vale un billete. Usted me entiende.

Su sonrisa era sarcástica y amenazadora, mientras su mano apretaba mi hombro con fuerza. Así corroboré que estaba metido en un problema muy grande.

—No, la verdad no entiendo. Me visto, voy a mi casa, me baño, duermo y hablamos si quiere más tarde para que aclaremos las cosas.

—Mire, hermanito, no se me haga el huevón. Usted y su amigo me deben un billete largo: dos botellas de *whisky*, dos putas que les puse y dos dosis de cristal líquido cada uno. No les estoy cobrando el cuarto, ni la hierba, eso es un regalo, como gran amigo que soy.

No entendía nada de lo que sucedía, sus palabras estaban en un idioma que no comprendía. Al comienzo me negué, argumentando que él nos había invitado, pero eso lo enfureció y me golpeó repetidamente con la culata de su revólver, el cual luego apuntó a mi cabeza. La sangre me pintó el rostro, el dolor se volvió insoportable y el miedo recorrió todo mi cuerpo.

—Vea, vamos a hacer esto, la rumba de los dos sale en total como por cinco millones, pero para que ustedes vean lo buena gente que soy, se las dejo en cuatro…

Intenté de todas las maneras posibles convencerlo de que me dejara ir, no sabía dónde estaba Jorge, el otro tipo que había ido conmigo. El Viruñas me amenazó de muerte y me dijo que tenía que pagarle como fuera. Los golpes en la cara y en las costillas eran cada vez más fuertes, sentí que el ojo derecho se me cerraba y que el sabor a sangre cubría mi boca.

Me dijeron que si no colaboraba me matarían y le dirían a la Policía que me había enloquecido y había agarrado a golpes a una niña de quince años y la había violado, por lo que me habían tenido que disparar.

Al final accedí a pagarles mi parte, por lo que tuve que llamar a Lau. Sabía que tenía el dinero, y ella no lo pensó ni un minuto. Salió de la casa para ayudarme sin avisarles a mis papás.

Tuve que esperar hasta el amanecer. Estaba golpeado, desnudo, ensangrentado, humillado y con mucho frío. Fueron las horas más largas de mi vida.

Mi hermana llegó con el dinero. Cuando el Viruñas la vio, dijo que el resto, incluido lo de Jorge, se lo podían pagar en especie.

No solo había puesto en riesgo mi vida, sino la integridad física, moral y emocional de mi hermana. Por fortuna, ella había ido con Pipe y con el hermano mayor de este.

El saldo de todo esto fue un diente desportillado, dos costillas fisuradas, moretones por todo el cuerpo y un golpe en el ojo que por poco me deja sin retina, además del dinero que nunca le pagué a Lau. Tampoco le demostré mi agradecimiento, sino que me fui alejando de ella más de lo que ya estaba, llegando a agredirla como lo hacía con mis papás.

* * *

Las palabras son cuchillas que hacen heridas profundas, o bálsamos que curan casi cualquier dolor del alma, según se utilicen. Yo use las mías como lanzas que buscaban destruir el espíritu inquebrantable de mis viejos y de mi hermana.

No contento con hacerlos sufrir con cada situación que se presentaba, con perderme dos o tres días y regresar reventado, con el hecho de haber abofeteado a mi mamá y de haber intentado agredir a Lau con una muleta, quise llevarlos a la humillación más intensa que se puede recibir por parte de un ser querido.

Los ofendí hasta más no poder, como si ellos fueran mis enemigos, solo porque querían lo mejor para mí, aunque yo no lo viera de esa manera.

Quizá mi papá no supo cómo actuar de manera adecuada ni cómo ayudarme con todo lo que me estaba pasando, pero también lamento mucho todas las palabras que le entregué.

La vida me dio muchas lecciones para que aprendiera a valorar cada una de las cosas que tenía. El camino fue muy largo, y los obstáculos para lograr salir del abismo eran tan inmensos que pensé que no podría superarlos, que no podría aguantar. Mi vida estaba en una fase donde todo se vuelve tan, pero tan oscuro, que crees que ya no hay un mañana.

Sin embargo, Lau siempre estuvo ahí, y me convenció para que comenzara un proceso de rehabilitación.

Al comienzo no quería, pero varios tipos que conocía habían estado allí y andaban sobrios desde hacía tiempo. Acepté para que en la casa me la dejaran de montar y para quitarme a mis papás de encima.

Una vez allí, me di cuenta de que había mucha gente con los mismos problemas, e incluso peores que los míos. Nada de eso fue fácil.

Una vez que eres drogadicto o alcohólico lo sigues siendo para toda la vida. Siempre está la tentación de caer porque tienes un organismo que te pide y te pide más y más de lo mismo. Es un fantasma que nunca te abandona.

Durante ese periodo sufrí una terrible transición: esa fase que te da la abstinencia y en la que tu cuerpo se empieza a limpiar, pero no tu mente. Fui al purgatorio, pasé por el infierno y volví.

No hay nada más duro para un adicto que esa parte en la que no puede saciar su apetito, los retortijones, los temblores, los dolores, todo se vuelve un caos.

Sería la primera vez que intentaba rehabilitarme. Era la peor experiencia que había vivido en mi vida, o eso creí hasta que la tragedia y el sufrimiento me abofetearon de verdad.

Nada podía compararse con saber que Lau ya no estaría más a mi lado.

Capítulo 5

LA VIDA ME DESGARRABA el alma por completo. Había destrozado mis sueños y mis ilusiones, y el mundo seguía su marcha sin importarle en absoluto lo que me sucedía. La gente iba a su trabajo o a su colegio como si nada pasara, es más, mis compañeros de clase y los de mi hermana se fueron de farra la noche en que se enteraron de su muerte, y siguieron saliendo los siguientes fines de semana, lo que me hizo pensar que quizá estaban celebrando la muerte de Lau.

Cuando pienso en ello y, a pesar de la rabia que me genera, recuerdo que yo también hacía lo mismo al enterarme de la muerte de alguien, y ahí está lo difícil: tratar de entender que la vida sigue para los demás, aunque en la tuya se haya instalado un vacío que no dejará que nada vuelva a ser igual.

Lau pasó a engrosar la lista de personas que habían decidido marcharse antes de su fecha de vencimiento, antes de que les tocara. Esa noticia sería la comidilla de todos aquellos que nos conocían y los que no. El supuesto suicidio a lo Romeo y Julieta inspiraba a los románticos y chismosos, y llenaba las conversaciones de aquellos que no tenían otro tema de qué hablar.

No tenía idea de cuántas veces podría romperse mi corazón en mil pedazos y volver a sanar, no sabía cuántas veces podía escaparse mi alma y regresar a mi cuerpo.

Las decepciones y los desengaños se fueron apilando como las deudas de un país en quiebra.

Dicen que cuando quieres derrotar tus temores debes enfrentarlos. Yo lo intenté la segunda noche que estuve de vuelta en la casa. Fui directo al cuarto de Lau por segunda vez, pero en esta ocasión quería quedarme a dormir. Tenía ese temor infundado que nos meten desde niños para asustarnos, diciendo que las almas de los muertos llegan en las noches para atormentarnos.

Mis papás todavía estaban haciendo algunas vueltas de Medicina Legal, después de eso, la funeraria se encargaría del resto. Sammy estaba ocupado con cosas del colegio y no podía acompañarme, de todas maneras, me daba vergüenza pedirle algo así. Por lo tanto, a Tábata y a mí nos tocó compartir la soledad de nuestra casa.

Me aferré a los recuerdos de mi hermana, a su olor impregnado en cada rincón del cuarto, a los dibujos que hacía y a las cosas que a veces escribía. Me recosté en su cama y quise sentir su calor. Aunque sabía que no estaba allí, quería poder sentir su presencia de alguna manera. No sé si su espíritu me venía a visitar o solo era impresión mía, pero la sentí de alguna manera. Giré hacia el armario, tratando de cerrar los ojos, y tuve la sensación de que alguien se acostaba a mi lado. La noche se diluyó en mis pensamientos.

A la mañana siguiente, mis papás me pidieron que me alistara para poder ir a la funeraria. Parecíamos uniformados, todos vestidos de negro, gafas oscuras, ojos llorosos y almas tristes. Iniciamos el lánguido recorrido a la última morada física del cuerpo de Lau. Camino al velorio, mi mamá me tomó la mano, como quien se aferra a su única esperanza. El silencio fue una constante que dibujó el paisaje hasta llegar a nuestro destino. Los restos de Lau estaban encerrados en un ataúd, como sellando el último capítulo de su historia.

El desfile de gente para dar el pésame es algo terrorífico a lo que ninguna persona debería estar expuesta. Fui abrazado por cuanta persona pasó por delante, y me preguntaron mil veces si sabía la razón por la que Lau se había matado. Así como a una fiesta de quince o a un matrimonio uno no invita a todo el mundo, también debería reservarse el derecho de escoger quiénes van a un funeral.

* * *

Entre quienes pasaron por allí estaba Ariadna López, una compañera de curso de la que siempre nos burlábamos por fea, sin importarnos las lágrimas que derramaba. Tenía un problema de artritis degenerativa y los huesos de su cara no estaban bien formados. Le iba mal académicamente, seguramente por todo el *bullying*, pero siempre hacía su mayor esfuerzo por pasar y lo lograba.

Verla ahí me hizo pensar en las palabras que el coordinador del colegio siempre nos decía: "En el mundo solo hay dos clases de personas, las buenas y las malas. No hay otra diferencia".

Una vez hubo un problema y los atacados fueron los mismos a los que todo el mundo tenía de muñecos: Ariadna, Sammy y Gabriel —la fea, el gordo y el negro—. Ante esto, el señor Bhaer llamó al frente a Rafa, a Valeria, a los antes mencionados y a mí. Luego les preguntó a los presentes:

—¿Qué diferencia ven en estos muchachos?

Algunos hablaron del color, del tamaño o del género. El coordinador nos dijo que no había ninguna diferencia, que todos éramos iguales, que nuestra ignorancia era lo que ponía etiquetas a todo. Comentó que, donde la gente veía homosexuales, negros, blancos, indígenas, gordos, flacos o cualquier otro tipo de clasificación, nosotros debíamos ver a seres humanos.

Por desgracia, nada de eso funcionó con nosotros ni hizo eco en nuestro grupo. Volvíamos a burlarnos de quien nos pareciera sin ningún remordimiento. Después pedíamos perdón y ya, todo solucionado.

Al enterarse de que seguíamos con nuestras acciones, el señor Bhaer perdió la compostura, por lo que irrumpió en el salón de clases, se paró frente a nosotros y dijo:

—Espero que tengan las pelotas para aceptar, no solo lo que hicieron, sino las consecuencias de sus actos.

Nos levantamos uno a uno e hicimos lo que mejor sabíamos hacer: ofrecer excusas y decir que era normal. Ese señor estaba tan indignado que decidió suspendernos. Estábamos en noveno y creíamos que todo lo podíamos, me sentí ofendido por la actitud del coordinador y le dije a mi papá mi versión de lo que había pasado. Sintió que estaban vulnerando mi dignidad y la de mis compañeros, por lo que armó un grupo de padres —como un *déjà vu*—, quienes llegaron al colegio e hicieron trizas al coordinador, ofendiéndolo, humillándolo e incluso amenazándolo con las represalias frente a las directivas del colegio y el Ministerio de Educación. Conclusión: suspensión levantada.

Días después, el señor Bhaer me llamó a su oficina para decirme que se iba del colegio, y que yo había ganado si así lo quería pensar. Me entregó unas fotografías en las que se veían unos brazos, unas piernas y una espalda con cortadas y raspones.

—¿Esto qué es? ¿Qué tengo yo que ver con esto? —le pregunté de forma brusca.

—¡Todo, Cárdenas. Todo! Esas fotografías me las trajo la mamá de Ariadna. Eso que ves es lo que ella se hace a sí misma a causa de lo que siente por todo lo que ustedes le dicen. Toma unas tijeras y se corta, se lastima porque dice que ustedes tienen razón y que ella es fea, que es un monstruo.

Mi soberbia era tanta que tiré las fotografías al suelo. Me levanté de la silla, como si eso no fuera conmigo, y salí satisfecho de la oficina. Desde la ventana lo vi agachado recogiendo las imágenes. Para mí era como si hubiese terminado de rodillas ante mí. Me sentí feliz y poderoso por ese logro.

Días después, Lau me recriminó porque, al parecer, el señor Bhaer era el único que la escuchaba, el único al que le contaba sus cosas y lo que le estaba sucediendo, ya que su hermano estaba tan ocupado destruyendo su vida y las de todos a su alrededor que no tenía tiempo para ser su confidente, y sus papás estaban tan dedicados a él que no tenían espacio para ella.

———————————— ◆ ————————————

Mi mamá me obligó a ver el cuerpo de mi hermana. Yo quería conservar el recuerdo que tenía de ella. No obstante, ante tanta insistencia, decidí hacerlo. Lau tenía los ojos cerrados, como si durmiera, estaba imperturbable, lejana y difusa, maquillada de forma burda. Se había ido sin darme un último abrazo, sin que le pudiera decir cuánto la había amado. Sin haberme dicho por qué.

Lo demás fue todo un ritual decadente: rezos, llantos, gritos, caras largas, gente que no sabe qué decir, café, etc. Casi dos días de agonía con la misma situación. Ya no aguantaba más, quería salir corriendo y no detenerme hasta que el cuerpo ya no resistiera. Me imaginé alejándome de allí, en una huida titánica, en un escape infinito de todo para no saber cómo terminaba la historia, aunque de antemano conociera el final.

Todo se volvió más oscuro para mí la tarde después del funeral, y esa oscuridad cubrió mi corazón. El fantasma de la adicción volvía a quebrantar con mucha fuerza mi voluntad, a someterme a sus torturas y a mostrarme su poder.

Salí sin decirles nada a mis papás, tratando de escapar de todo aquello que me agobiaba. Mi casa se había convertido en una cárcel llena de recuerdos, dolores y tristeza, un mar angustioso en el que había naufragado, y no veía tierra a la vista.

No sabía qué hacer ni dónde encontrar consuelo, por lo que decidí buscar refugio en lo de siempre, en un intento por hacer desaparecer en unos segundos ese dolor tan insoportable que me embargaba.

Le pedí a Valeria el teléfono de un *dealer* que conocía, de los que surtían a mucha gente del colegio y al que ella a veces le ayudaba con la distribución. Recuerdo que caminé desde mi casa hasta una zona industrial cercana, más o menos a veinte cuadras, que para mí fueron como doscientos mil kilómetros.

Llegué a un parque, al lado de una iglesia y un colegio distrital, afuera del cual se estacionan muchos vendedores ambulantes con diferentes productos, algunos con "encargos especiales" para quienes los puedan comprar.

El Bicho era un tipo de unos veinticinco años, cabeza rapada, lentes oscuros, muy bien vestido, de apariencia decente. Manejaba un gran negocio, controlando y supervisando a quienes distribuían la droga. Supe que muchas niñas de mi colegio le pagaban con favores sexuales para conseguir algo de marihuana, pepas de éxtasis o alguna cosa más.

* * *

Recuerdo que mi aventura con las drogas empezó por un regalo que me hizo un tipo como ese.

Fuimos a una lunada[2] del Gimnasio Luterano cuando iba a cumplir quince años. Tenía varios conocidos que estudiaban allí. En el evento no estaban permitidos el alcohol ni los cigarrillos, mucho menos las drogas, pero eso era lo que más había. La noche se prestaba para encaletar aguardiente en las botellas de agua, y los recovecos del colegio servían para fumar lo que uno quisiera, de forma que rompíamos todas las reglas del sitio, a pesar de la presencia de los profesores y hasta de la Policía.

Alguien de mi grupo sacó un cigarrillo cerca de los baños, lo prendió y empezó a rotarlo. Un tipo mayor que nosotros se acercó y nos pidió un "plom", cuando le pasamos el cigarrillo, nos miró y nos dijo:

---

2. Evento que se hace de noche, con música y fogatas. Suele hacerse en los colegios para recolectar fondos o promocionar la cultura.

—Naaah, papitos. Ustedes no están en nada, parceros. Para que pasen la noche rebién tienen que abrirse al mundo. ¿Un cigarrillo para cuatro? Nooo, qué mierda. Vean, ya que estoy de buenas, les voy a hacer un regalo, pero tienen que recibirlo donde no nos vea nadie. Si alguien los coge, paila, ustedes no me conocen. ¿Estamos?

Todos accedimos y nos adentramos un poco más en la oscuridad. Teníamos miedo de hacer algo así, pero nos daba mucha curiosidad. Cuando Rafa habló y dijo que era mejor que no lo hiciéramos porque nos íbamos a enviciar, el tipo solo estalló con una risa.

—Vea, chino, yo llevo metiendo "naturaleza" desde los doce y no me ha pasado nada. Si la quiero dejar, la dejo. Parces, esto es todo natural, ¿o ustedes por qué creen que la gente pide que la legalicen para consumo médico? —dijo.

Su argumento fue más que convincente. Nos regaló un porro para que lo compartiéramos entre todos, tomó nuestros teléfonos y puso su número y su nombre: Tatán. Era un amigo más a la luz de cualquier mamá.

Esa noche tuve una sensación inigualable que quise repetir y, casi todos, excepto Rafa, sintieron lo mismo que yo.

Buscamos al *dealer* y le compramos una bolsita que nos sirvió para unos dos o tres días. De ahí en adelante, cada vez que salíamos a fiestas, a conciertos o a lo que fuera, teníamos nuestro suministro y Tatán se encargaba de proveernos lo suficiente para que no tuviéramos problemas.

Inicié un camino espinoso e infernal del cual me sería casi imposible volver a salir. Había abierto las puertas a mi tormento. El sendero de las adicciones y la escalera a la perdición se volverían un panorama común, una pesadilla de nunca acabar.

Esa primera noche en la que consumí supe que lo que había dicho Tatán de que había gente que podía salir cuando quisiera de eso en lo que yo acababa de meterme, no funcionaba para mí. Caí redondo.

Después de eso llegarían nuevos productos y Valeria se encargaría de que yo los consumiera.

* * *

Me acerqué al Bicho con mucha ansiedad, llevaba solo seis meses sobrio y había prometido que no recaería, pero todo me sabía a mierda y necesitaba desconectarme del mundo, olvidarme de todo y no sentir más dolor.

Había robado dinero del cuarto de mis papás y le pedí heroína para inyectarme. Nunca había caído tan bajo, pero tampoco nunca antes me había importado menos. Fuimos hasta una panadería donde contó el dinero y le dio la orden a una de las meseras que, en una bolsa de papel, me entregó las dosis como si estuviera vendiendo pan.

—Suerte, perrito. Cualquier cosa que necesite me dice. Tengo domicilios. Suave con lo que se va a inyectar, si usted no mide bien, se puede estar fundiendo —me dijo, dándome una palmada en la espalda.

En ese instante pensé que tal vez fundirme, como él decía, era lo mejor que podría pasarme. Me fui de allí con el ánimo de volver a mi zona de confort.

Mi casa está un poco más abajo de un caño que divide las calles. Cerca de ahí hay una casa abandonada donde a veces solíamos ir con todo mi grupo a "pegarnos un viaje".

No había cambiado mucho, el muro era fácil de escalar, por lo que entré y me senté en un banco hecho de ladrillos, saqué la bolsa, la ansiedad no me dejaba manejar el asunto con tranquilidad. Algunas cosas se me cayeron, mi respiración se aceleró y sentía que el corazón se me quería salir. Esa voz, ese pequeño susurro que me decía que no lo hiciera fue acallado por la sombra que ataba y amordazaba mi voluntad para quebrantarla, una vez más.

Saqué la heroína y comencé mi faena. Perdido y sin importarme el mundo decidí que mi "viaje" fuera lo más fuerte posible. Jamás me había inyectado solo. En las películas parece fácil, tal vez porque la escena es una falacia y el actor jamás ha arriesgado su vida. Yo creía que no tenía nada qué perder, y entonces el miedo desapareció y le dio paso a una ansiedad desmedida que no me dejaba concentrar.

Sacar la aguja y calentar la cuchara para diluir el veneno que mataría mi dolor fue todo un lío. Hacerme un torniquete, buscar una vena y al fin clavar la aguja en mi carne parecía una tarea titánica. Vi que mi sangre se deslizaba por mi brazo y algo de ella se mezclaba con la heroína en una danza mortal y oscura. Sentí una corriente por las venas y un golpe en el cerebro. Me invadió una sensación de paz, euforia y sedación. Mi ritmo cardiaco descendió, la ansiedad desapareció, los temblores ya no estaban y todo se veía más tranquilo, la soledad de la casa era el escenario perfecto para ese escape que venía buscando.

La oscuridad comenzó a cubrir todo a mi alrededor y mi visión ya no era la misma. Los efectos de la droga empezaron a afectar mi cuerpo, mis ojos se fijaron en un cuarto que daba hacia el patio, traté de enfocar lo mejor posible, pero no pude. Una imagen difusa se dibujó cerca de una ventana rota, me levanté para ver qué sucedía, porque podía identificar cierta luz. Cuando caminé hacia allá sentí un escalofrío horrible, como si me sujetara una presencia helada que no me dejaba gritar, como en esos sueños en los que intentas pedir ayuda sin poder lograrlo. Parado allí, me dejé llevar por la curiosidad y lo primero que vi fue un rostro amable, el de una mujer que movía su dedo índice derecho en forma de desaprobación. Luego su rostro pasó de ser amable a algo tétrico. Mis piernas reaccionaron y, aunque tuve problemas para escalar el muro, pues mis reflejos eran torpes, logré llegar al otro lado. La calle me esperaba con su soledad a cuestas y, entre la bruma de mi juicio y la poca conciencia que me quedaba, corrí todo lo que pude.

Llegué a la casa con la palma de la mano derecha ensangrentada, el traje que había usado en el funeral hecho un desastre, las rodillas peladas y raspaduras por todo el cuerpo. La imagen que llevaba en mi cabeza me hizo creer que estaba más que loco.

Entré e interrumpí la paz que había. Mi papá me preguntó dónde estaba y trató de hablar conmigo de manera civilizada. Fui a mi cuarto para encerrarme, pero mi viejo logró evitar que la puerta se cerrara y allí comenzó el calvario.

—Su mamá preocupada, su hermana recién enterrada, nuestra casa cayéndose a pedazos y usted se va a drogarse y se pierde todo un día. Qué bonito. ¿Por qué no dijo y de una vez los habíamos enterrado a los dos?

—Yo solo me fui un par de horas y me encontré con unos amigos. Nos pusimos a hablar y cuando venía para acá me caí porque vi que unos tipos me querían atracar.

—¿Un par de horas, Camilo? ¿Un par de horas? Gran pendejo, usted salió ayer, ha pasado un día entero desde que se fue. Además de drogadicto también nos salió ladrón, yo tenía un dinero para comprar unas cosas para la casa y usted se lo llevó. ¿Sabe qué? Me cansé, no voy a pelear con usted, si se quiere morir, hágalo. Si quiere terminar de indigente, hágalo. No me interesa. Después de la muerte de su hermana para mí la vida se acabó, pero acá usted no vive más.

La puerta se cerró y me quedé ahí parado, solo. No podía dar crédito a lo que había sucedido. Por un momento, todo quedó en silencio y me sentí más que derrotado, caminé hacia el baño estupefacto, encendí la luz y abrí la llave para lavarme las manos y limpiarme la sangre. Mientras lo hacía levanté la mirada y observé mi reflejo en el espejo, la imagen más triste que he visto nunca: en lo que yo mismo me había convertido. Pensé en lo que Lau sentiría de haberme visto así. Amarré una toalla a mi mano y agarré a puños el espejo hasta que no quedó nada, los pedazos de vidrio caían como un símbolo inequívoco de la destrucción de mi vida familiar. Di rienda suelta a la furia recién desatada y destruí todo lo que pude en mi cuarto, las lámparas se hacían añicos al igual que mi alma, arranqué los afiches, tiré las cobijas y las almohadas por la ventana, arrojé todo lo que me encontré al suelo, pero nada de eso calmó mi dolor.

Cuando reaccioné, estaba en el suelo junto a mi papá, quien lloraba conmigo y me pedía perdón, me daba besos como cuando yo era un niño y sujetaba mi cara junto a la suya. Mi mamá estaba de pie a la entrada del cuarto, con una mano cubriendo su boca y el rostro lavado en llanto.

Segundos después estábamos los tres unidos en el suelo, llorando de forma inconsolable, casi sin poder respirar.

Los brazos de mi papá se aferraban a mi mamá y a mí, y los de ella nos cubrían a los dos. Éramos un triángulo de vida en crisis existencial. Fue ahí cuando sentí que ni la droga, ni los amigos, ni mi novia podían calmar el dolor que sentía. Fui consciente de que solo esos abrazos, esos que siempre y, a pesar de todo, estaban dispuestos a cubrirme como alas protectoras, eran lo único capaz de hacerme sentir seguro y tranquilo.

Tomamos todos juntos agüita aromática de cedrón para calmar los nervios. Dormí en el cuarto de Lau porque el mío parecía un campo de batalla. Mi sueño duró hasta más allá del mediodía y, con dolor y lástima, recogí los pedazos de mi locura.

Todavía con el alma dolida y con la sombra de la abstinencia hablándome al oído, tiré por el retrete todo aquello que me quedaba de la droga que me había dado el Bicho. Parte de mí lloraba por el desperdicio de semejante "banquete", pero mi voluntad había regresado con fuerza gracias al espaldarazo de mis papás, que obraba casi como un milagro en mí.

A pesar de mi recaída, no tuve que volver a rehabilitación, parece que toda la adrenalina y el choque emocional, de alguna manera, despertaron algo en mí que me ayudaba a espantar toda posibilidad de caer en esa espiral infinita de pesares.

No hicieron falta palabras después de lo sucedido para tratar de arreglar las cosas, al fin y al cabo, de eso se trata la familia, y ese amor todo lo puede. Mi papá no fue el más afectuoso durante un tiempo, pero su silencio me dio a entender que comprendía por lo que estaba pasando y que esperaba que no volviera por esa senda narcótica que me había envenado para siempre. Había roto mi proceso de sobriedad y me sentía culpable. Siempre estaba la zozobra de irme por la alcantarilla de desperdicios que abría esa puerta al infierno de las drogas.

* * *

Los días siguientes se convirtieron en un tedio, mi deporte favorito se volvió ver pasar el tiempo de una forma decadente, donde ni el cuerpo ni la mente responden. Tomé el lugar de Tábata, como quien quiere robarse ese espacio sagrado y disfrutar del placer pecaminoso de una pequeña depresión que te lleva por el marco nostálgico de una postal gris. Me senté en la ventana del cuarto de Lau con el único objetivo de ver llover, de ver esa lluvia que parecía aliviar la tristeza de mi desencanto. La gente huye del agua y en menos de un minuto ves la calle desocupada, entonces el paisaje es solo tuyo, es una fotografía viviente que se queda contigo por dos segundos, por un instante, por la eternidad.

Mi mamá comenzó a sacar las cosas del cuarto de Lau. Tenía la determinación de regalar casi todo: su ropa, sus libros, sus joyas... Decidí ayudarla para tener la cabeza ocupada y no volverme loco, pero fue peor porque cada cosa significaba cientos de recuerdos, muchos momentos y tantas situaciones que vivimos juntos.

A veces me preguntaba por qué los seres humanos teníamos que esperar a perdernos en las profundidades del dolor para arrepentirnos de todas aquellas cosas que se habían hecho en el pasado, las que se habían dejado de hacer, todo lo que se había dicho y todo lo que se había callado. Me preguntaba por qué teníamos que caer al abismo de la tristeza y la amargura para aceptar los errores y pedir perdón. Entendí a las malas que todo lo que me aquejaba se podía haber evitado.

———————————————— ◆ ————————————————

La tarde del viernes llegó con su manto de sensaciones encontradas, habían pasado ya dos semanas y no estaba listo para volver al colegio. Mi casa se había llenado en las noches de vecinas rezanderas y amigas de mi mamá que asistían sin falta a la novena por el alma de mi hermana.

Yo quería salir de la casa, distraerme un poco del silencio tedioso que se había apoderado de mi hogar, pero no tenía la intención de volver a retomar esa parte de mi vida tan pronto. Tenía los ojos de mis papás encima por lo que había sucedido el día del funeral y cualquier movimiento mío era una preocupación. Mi papá se levantó todos esos días para abrazar la bufanda favorita de Lau y sollozar con ella al lado. Se sentía más que derrotado, lo vi echarse diez años más encima en pocos días.

Hasta esa tarde solo quería alejarme de los lamentos de mi papá, los rezos de mi mamá y la perseguidera de Valeria. Pensé en meterme algo que exorcizara todo el dolor y la rabia acumulada, pensé en volver a recaer o, tal vez, solo necesitaba una excusa para hacerlo. Esos pensamientos iban y volvían, y me desesperaba. Trataba de pensar en otra cosa, pero no podía.

La inesperada visita de Sammy lo cambiaría todo para siempre. Había apagado mi cel durante todo ese tiempo, no quería contestarle a nadie, no quería mirar mis mensajes y mucho menos quería hablar con Valeria, quien había ido hasta mi casa dos o tres veces, pero mi mamá me negó en esas ocasiones para evitarme un dolor de cabeza. Sammy era más que bienvenido y, la verdad, sí quería su compañía.

—¿Qué tal, Cami? ¿Cómo vamos? Vine a ver si necesitaba algo. Usted no se puede encerrar acá y dejar que la vida pase, ella no hubiera querido eso —me dijo después de darme un abrazo.

Lo miré un poco con rabia de sentir su intromisión, pero vi su rostro y sabía que, si alguien tenía la moral para hablarme así, era él. Suspiré y me senté en un sillón de la sala mientras el hacía lo mismo.

—Vea, Sammy, nunca fue mi intención ofenderlo. Marica, quiero que me perdone por todo lo malo que hice. La cagué, y en grande, hermano...

No pude contenerme y comencé a llorar, Sammy se sentó en uno de los brazos del sillón y me reconfortó, pero tal vez por esa incomodidad que nos afecta a los hombres cuando estamos en una situación de vulnerabilidad, ni mi llanto ni su abrazo fueron largos. Sammy volvió a su lugar y comenzamos a hablar sobre toda la situación. Su nobleza era tanta que solo me dijo que ya todo estaba olvidado y que él había ido hasta mi casa porque quería que diéramos una vuelta y habláramos de cosas.

Mis papás se sintieron tranquilos porque sabían que él les avisaría si algo pasaba. Salimos de la casa con rumbo desconocido. Por el camino, muchas preguntas salían de su boca y la misma cantidad de respuestas regresaban de la mía. Anduvimos despacio calle abajo mientras el frío bogotano nos abrazaba, el gris de la ciudad nos daba las buenas tardes entre una ola de incertidumbre y las ganas de olvidar todo lo que me aquejaba.

Era un viernes, un día propicio para llenar mi cuerpo de alcohol, drogas y sexo. Caminamos como si nada pasara y, cuantos más pasos dábamos, más cosas podía expresar. Ahí estaban dos amigos intentando reconstruir su amistad, el fiel escudero y el inestable, la bomba de tiempo que podía estallar en cualquier momento. Me sentía como en una clase de terapia donde solo te dejas llevar por el momento y puedes sacar todo eso que te duele. Definitivamente, Sammy me hacía sentir tranquilo y lograba que abriera mi corazón.

—¿Cuándo piensa volver al colegio? La gente lo extraña mucho.

—No sé, Sammy, no me siento bien con todo esto. Tal vez no vuelva, sería lo mejor.

—No, Cami, no diga eso. Vea que este año nos graduamos y a Lau le hubiese gustado…

—¿Sabe qué? ¡Me tienen mamado con el cuento de que a Lau le hubiese gustado! ¿Qué hay de mí? Lo que a mí me gusta, lo que yo quiero, cómo me siento. No hay nadie que piense en eso. Ella se mató y no hay un solo segundo en el que no me pregunte la razón por la que decidió hacerlo, no hay ni un segundo en el cual no quisiera desenterrarla y preguntarle por qué putas me dejó solo —le grité a Sammy en plena calle mientras observaba su rostro de desaprobación.

—Yo también la perdí, a mí me duele también. Ustedes dos son los hermanos que nunca tuve…

Caminé, tratando de devolverme y dejarlo ahí, a su suerte. Mis manos se refugiaban en los bolsillos de mi chaqueta mientras mi cabeza se inclinaba con la mirada hacia el suelo, queriendo huir de alguna forma de las miradas ajenas. Entonces, las palabras de Sammy me hicieron detener.

—A mí también me gustaría saber la razón que la motivó a abandonarnos. Yo también la amaba mucho y quisiera saber por qué me escribió varios mensajes como de despedida...

Giré de inmediato y lo miré, como intentando entender lo que sucedía. Caminé de nuevo hacia él y le vi en los ojos ese brillo de desafío que lo caracterizaba cuando estaba determinado a hacer algo.

—La Policía y la Fiscalía están tratando de averiguar eso. Pero ¿sabe? Así lo hagan, no van a traerla de vuelta.

—Es cierto, pero usted y yo la abandonamos. Durante todo este último año la dejamos a su suerte —dijo Sammy con algunas lágrimas en los ojos.

No fue necesario que me fuera y abandonara la conversación porque Sammy cruzó la calle y me dejó allí sin poder responderle. No tuve el valor de reaccionar, me quedé sin saber qué hacer o hacia dónde ir. Una vez más me sentí perdido.

* * *

Caminé confundido para tratar de alejarme de la discusión que acababa de tener con Sammy, sus palabras giraban en mi cabeza como una rueda de la fortuna que no se detiene, casi sin darme cuenta, había ido lo suficientemente lejos como para quedar a una cuadra de la casa de Valeria. Las dudas me asaltaron como una pandilla de perros hambrientos y mis instintos básicos se despertaron, haciéndome olvidar por completo de la poca dignidad que me quedaba. Tomé mi celular y la llamé, muy dentro de mí sabía que eso era un gran error, pero mi cabeza solo pensaba en el deseo sexual que me despertaba, en esa adicción a ella que ya me había hundido en los tormentos más grandes de un ser humano y que me devolvía al punto de partida, a esa cueva misteriosa en la que me perdía y en la que dejaba de ser yo mismo.

Sin pensarlo dos veces, Valeria bajó, haciendo su papelito de novia indignada. Al comienzo me atendió en la portería, tratando de fingir que nuestros problemas de pareja nos distanciarían, pero después de unos minutos me dijo que era mejor que habláramos en su apartamento. Entramos a su cuarto y toda la farsa se acabó al cerrar la puerta. Los besos volvieron más apasionados que nunca y yo me refugié en ellos como el sediento se regocija en un oasis, sentí sus labios, su olor y su perfume, y me entregué a su belleza. La falda de su uniforme voló muy rápido, dejando sus bien torneadas piernas al descubierto, luego la blusa cayó, deslizándose por su cuerpo.

Para ese entonces, las palabras de Sammy se iban por el sifón del olvido, no sin antes clavar en mí un sentimiento de culpa tremendo, el cual dejé de lado por miedo a que si me detenía, Valeria me sacara de allí y me hiciera fama de impotente o, peor aún, de gay.

Nuestros cuerpos giraron en su cama muchas veces para tratar de encontrar el momento perfecto, traté de concentrarme en lo que hacía, pero por alguna razón la imagen de mi hermana, las palabras de Sammy y el llanto de mi papá me asaltaron y vino la debacle.

—Perdóname, tienes que darme un tiempo para volver a ser el mismo. Yo si quería que estuviéramos bien, pero hay muchas cosas en mi cabeza y no sé…

Valeria no estaba para nada contenta, su cara de insatisfacción anunciaba una gran tormenta cantaletosa que no me dejaría en paz. A pesar de que habíamos consumado el acto, yo no había sido el mejor amante y solo traté de cumplir con sus deseos y un poco con los míos.

—Tranquilo, esas cosas pasan. Deberíamos tomarnos algo, salir y más tarde desquitarnos —me dijo mientras se levantaba para ir al baño.

—Sí, me parece. Tal vez una farra no me caería mal —le dije, tratando de sonar natural.

Sentí como si estuviera cometiendo un crimen, quería vestirme y largarme de ese apartamento lo más pronto posible. Tomé mi celular para llamar a Sammy, pero no me quedaban minutos, de modo que le pedí a Valeria que me prestara el suyo. Cuando iba a marcar, entraron dos mensajes de WhatsApp que me llamaron la atención.

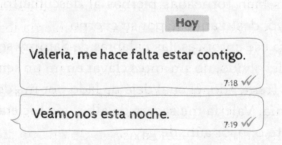

Abrí el mensaje y vi que era enviado por Pipe Olaya, ese mismo que había sido novio de mi hermana y que estuvo en su funeral con gafas oscuras ocultando su "dolor". Decidí abrir la conversación y me encontré con cantidad de mensajes muy eróticos entre los dos, además de fotografías en las que ella estaba desnuda o en ropa interior. Los nervios, la rabia y la confusión se apoderaron de mí. No pude ver en detalle todos los mensajes porque el miedo de ser descubierto no me dejaba. Le timbré a Sammy y colgué antes de que contestara. Valeria salió del baño. La miré, tratando de disimular de la mejor manera posible, pero me debatía entre hacer el reclamo o solo salir de ahí. Opté por lo segundo porque algo me impidió reaccionar de la otra manera. No sé, pero creo que ella notó algo en mi mirada, supo al instante que algo no estaba bien, aunque siguió como si nada pasara.

—Sammy no contesta y me preocupa porque peleamos y yo lo traté muy mal, me da miedo que la vaya a cagar —le comenté con cierto tartamudeo.

Cuando le estaba diciendo eso, su celular timbró, ella miró la pantalla sin decirme nada, me observó y se giró como queriendo ocultar algo, su expresión no podía ser más clara, había encontrado ese placer pecaminoso que satisfacía lo que yo no podía darle y, aunque algunos podrían ser tan descarados de justificarla, el problema iba más allá porque se había metido con el ex de mi hermana, el ex de la que fuera una de sus mejores amigas. La vi morderse el labio y dibujar una sonrisa pícara que desapareció por completo cuando el teléfono timbró.

—Es tu "novio". Dile a ese gordo que no se le vuelva costumbre llamarme —me dijo y luego tiró el teléfono a la cama.

—Sammy, me tenía asustado, pensé que le había pasado algo. Hermano, perdóneme, yo lo traté muy mal con todo eso que le dije… ¿Sabe qué? Espéreme allá, yo le caigo en media hora. —Sammy no entendía nada de lo que yo le decía, creía que me había drogado otra vez. Pobre, no le permití ni contestar.

—Eso, vete con tu gordito, ojalá se amen mucho. —Las palabras de Valeria sonaban más que falsas.

Sé que no era la mejor novia o la persona más recomendable del mundo, pero tampoco imaginaba que pudiera traicionarme de tal manera. No lo digo solo por el hecho de que se estuviera acostando con Pipe, sino porque había cruzado una línea muy delgada en todo esto.

Me vestí rápido y le dije que la llamaría más tarde, le fui a dar un beso de despedida para disimular mi huida, al comienzo busque sus labios, después pensé en la frente, pero ella no era digna de ese beso sagrado que yo compartía con Lau, por lo que terminé dándole uno en la mejilla y salí de allí sin mirar hacia atrás.

Me subí al ascensor, queriendo escapar de aquel lugar y dejar todo eso en el pasado. Vi mi reflejo en el espejo y agaché la mirada de inmediato. De nuevo me sentí juzgado, descubierto, desnudo y vulnerable. Esa imagen que había observado de mí mismo no me gustaba ni un poquito, me veía disminuido, tenía cara de culpable y me incomodaba ese reflejo de lo que quedaba de mí.

Por un momento sentí que no podía respirar. Esa sensación claustrofóbica me acariciaba con lentitud, con el fin de apoderarse de todo mi ser. El ascensor parecía haberse detenido, mientras mi respiración se aceleraba y un sentimiento de angustia me embargaba, de forma tan rápida, que tenía esa urgencia de salir corriendo de allí antes de que terminara arrodillado ante el poder destructivo e inmisericorde de la verdad reflejada por ese espejo.

***

Corrí, corrí tanto que mi corazón quedó a punto de estallar, me abrí paso ante la indiferencia de la gente que caminaba entre sus pensamientos y que, tal vez, como yo, trataban de huir de lo que es imposible: de sí mismos.

Me detuve cerca al supermercado de mi barrio, necesitaba descansar, necesitaba tomar aire de nuevo y me acomodé al frente en una banca donde por lo general se sentaban los ancianos. Fue entonces cuando alguien se me acercó y me ofreció una botella de agua. Conocía esa mano, la había sentido con anterioridad, aunque el rostro se veía diferente, tal vez por el maquillaje. María, la psicóloga, estaba de compras en el lugar y cuando salió a meter las cosas en el auto, me vio.

—Cami, perdón por acercarme así, pero vi que casi no podías respirar, entonces me tomé el atrevimiento de traerte esto —me dijo mientras me entregaba la botella.

Tratando de recuperar el aliento, la miré y tomé un primer sorbo, luego bajé la cabeza, en un intento por robarme todo el oxígeno que pudiera para responderle.

—Gra... Gra... cias. —Mi voz sonaba ahogada.

No sé por qué, pero ella me inspiraba confianza, tal vez porque sabía que se mostraba humana e imperfecta y aceptaba que también fallaba. Poco a poco recuperé el aire que necesitaba para poder conectar dos frases seguidas, limpié el sudor de mi frente con la manga de mi chaqueta y me dispuse a hablar con ella.

—María, quería ofrecerle disculpas por lo que sucedió ese día que me llevó a mi casa. Lamento haberla hecho correr en medio de la lluvia, no soy una persona fácil.

—No te preocupes, yo entiendo esto a la perfección. He trabajado con adolescentes toda mi vida y, además, los tengo en la casa, o algo por el estilo. —Su voz se descompuso por algún momento.

Comenzamos a hablar mientras María terminaba de meter las bolsas en su auto, le ayudé con algunos paquetes y ella no paraba de hablar, entonces me sentí como si esa persona tuviera la necesidad de ser escuchada.

Le ofrecí mi ayuda para acompañarla hasta su casa y ella la aceptó gustosa, siempre y cuando yo aceptara que después ella me llevara a la mía.

No tocamos para nada el tema de la muerte de Lau y mucho menos hablé de las cosas que habían sucedido antes de nuestro encuentro.

Mi teléfono tenía varias llamadas perdidas de Sammy y de mi papá, quizá estaban preocupados por no saber dónde estaba.

Le pedí a María que me regalara una llamada para hablarles y contarles que estaba con ella y que me llevaría hasta la casa.

Hablé con mi papá, quien decidió confiar en mí tras haber hablado con María.

Al llegar a la casa de la psicóloga no pude evitar ver las fotografías de dos muchachos de mi edad y la de una chica que me parecía conocida. El lugar estaba llenó de cuadros y frases alusivas a uno de ellos. Me quedé mirando fijamente uno de los retratos.

—Son mis dos hijos, Juan Andrés y Lukas, y mi sobrina Emilia.

—Ella se me hace conocida de algo —le dije, señalando a Emilia.

—Si, tal vez la hayas visto. Es más, creo que estabas con ella cuando te llamaron a… bueno, el día que te enteraste de lo de tu hermana.

—¿Ellos dos viven con usted?

La vi bajar la mirada y clavarla en el suelo.

Torció los labios y suspiró, me miró fijamente y caminó hacia mí.

—Juan Andrés vive con su papá, y Lukas… Lukas murió de cáncer hace año y medio —me dijo mientras la tristeza se apoderaba de su ser.

Me disculpé por hacer tantas preguntas y ella, con su tranquilidad pasmosa, me dijo que no había problema. Solo estaba un poco susceptible y a veces esas cosas pasaban.

Se descubrió ante mí como si yo fuera su confidente. Le retribuí contándole lo que me había sucedido en el ascensor y me dio su punto de vista profesional. Me habló de un ataque de pánico, algo que, según ella, era normal bajo mucho estrés emocional.

Me quedé callado por largo rato mientras organizaba las cosas y hacía comentarios sobre su dinámica en el hogar.

Mi inusual espera terminó cuando María anunció al fin que me llevaría a mi casa.

Me subí al auto, sintiéndome un poco incómodo por lo que pasó cuando me habló de Lukas, de modo que no quise decir mucho y me concentré en algunos de los mensajes que me llegaban al cel.

Les contesté a Sammy, a mi papá y a Valeria, que se mostraba "preocupada".

María siguió hablando sobre todos esos temas que a veces se tocan en una conversación para llenar el silencio que se crea entre dos personas. Aunque me caía bien y le tenía confianza, mi tiempo de terapia ya había terminado.

Solo sería un breve trayecto hasta mi casa, sin preguntas, sin análisis, solo comentarios sobre la ciudad, el trancón y el clima.

No obstante, precisamente una de esas cosas cambiaría todo el panorama y, sin querer, me daría una perspectiva más interesante.

A veces menosprecias las historias que te rodean porque crees que no te pueden ayudar de ninguna forma, pero eso estaba por cambiar para mí.

Capítulo 6

ESA TRIVIALIDAD QUE NOS RODEA y que siempre nos acompaña, esa verdad que ignoramos porque nos fastidia, esa realidad que nos hace la vida imposible, solo es reconocida cuando nos recuerda que estamos de paso en este mundo.

El hecho infortunado de saber y de omitir el pequeño detalle de que todos vamos a morir, nos hace los seres más hipócritas y soberbios del planeta, y nos creemos con el derecho a pasar por encima de quien sea, esgrimiendo voluntades divinas y celestiales.

La razón de esto tiene que ver con ese Dios al que tanto fervor les pusieron mis papás, ese Dios furibundo al que tanto le rezaban, ese ser benevolente que, según las creencias de los que van a la iglesia, me había arrebatado a mi hermana, ese mismo que la había agarrado contra nuestra familia, contra María, contra muchas otras personas que conocía, y contra otros muchos millones más en el mundo.

Ese Dios otorgado por nuestras creencias era la excusa para explicar cualquier cosa y así evitar cuestionamientos. La voluntad del Señor era la respuesta para todo.

Mis papás siempre han sido muy devotos y creyentes, al igual que mis abuelos, y desde pequeños siempre fue una obligación para nosotros asistir a misa y seguir las reglas y conductas de un buen católico, sin importar lo que sucediera a nuestro alrededor. Cuando a alguien del colegio o del barrio le sucedía algo malo, debíamos entender que lo que le había ocurrido era un castigo divino o la voluntad del Señor, no había lugar a más explicaciones.

Cuando crecimos, Lau y yo nos fuimos alejando de a poco de las ceremonias religiosas, las oraciones y todo aquello que nos habían inculcado. Algunas de las señoras del grupo de oración de mi mamá decían que todo lo que nos pasaba era precisamente a causa de ser unos malos católicos, de habernos distanciado de la mano de Dios, y que ese era nuestro castigo. Puede que no fuéramos perfectos, pero tampoco éramos los más perversos. Yo preferiría pensar en un Dios bondadoso y dador de amor, y no en un ser controlador, castigador y bipolar como mucha gente lo hace parecer.

María era una mujer muy comprometida con todo lo referente a la vida religiosa y aferrada a lo que ello significaba, muy a pesar de que su vida prácticamente se había convertido en un infierno.

Durante el trayecto a la casa de mis papás nos metimos en un trancón, debido a un accidente más adelante. Estuvimos detenidos ahí durante unos cuarenta minutos, tiempo suficiente para que todo comenzara a cambiar. El monólogo de María fue interrumpido por una llamada que puso en altavoz.

—Hola, tía. ¿Cómo vas?

—Bien, nena, ¿y tú?

—Bien, bien… Eh… Mira, fui a entregarle la carta, pero no la quiso recibir. Se molestó mucho y me dijo que si volvía de mensajera me olvidara por completo de él. Eh… lo siento mucho. Yo… yo sé lo importante que esto es para ti, pero, tía, tú conoces a Juan, él es muy rencoroso, dale algo de tiempo.

Aunque no me quería entrometer en la conversación, me había convertido en testigo mudo de una cantidad de situaciones personales de la familia de María que, tal vez, no quería oír. Suficiente tenía con mis propios problemas.

Dejó escapar un suspiro, como una esperanza que huía de su cuerpo. Sus ojos vidriosos dejaban entrever el desborde inevitable de unas lágrimas que decían que el dolor venía de su alma. Un silencio sepulcral nos encerró en el auto, cada uno miraba hacia un costado, estábamos aislados en nuestros propios pensamientos, como si los dos pudiéramos desaparecer.

Su voz comenzó a sonar quebrantada, pero con algo de decisión. Creo que el saber que había escuchado toda la conversación con su sobrina hizo que pensara que era digno de confianza para conocer un poco más sobre ella, y así me lo dejó saber.

María se había casado con su primer esposo, pero las cosas no salieron bien durante el inicio de la convivencia. Fruto de esa unión nació Juan Andrés. La pareja se divorció cuando el niño apenas tenía año y medio, debido a los maltratos a los que María era sometida. Cuando Juan Andrés iba a cumplir cuatro años, María se casó con su segundo esposo, quien tenía un hijo cuatro meses menor que Juan Andrés. Todos se aceptaron como una sola familia y, aunque los dos niños tenían claro que no eran hermanos de sangre, actuaban como tal.

—Cuando le descubrieron el cáncer a Lukas decidí no decirle nada a Juan Andrés. No quería que se amargara por esas cosas. Después, todo se complicó porque era evidente que, al tener las quimioterapias, Lukas se sentiría mal y perdería el pelo. Juan Andrés jamás me perdonó que no le dijera toda la verdad sobre el estado de su hermano. Además, le causó mucho dolor ver a Lukas en esas condiciones, y todas las burlas de los compañeros de clase, la discriminación por la que tuvo que pasar.

Me compadecí tanto de lo que me contaba esa mujer que, por un momento, me olvidé de mis pesares y mis problemas. No alcanzaba a imaginar lo que había sufrido Lukas en su colegio, pero estaba seguro de que, de haber estado en el mío, las cosas no hubieran sido diferentes. Con seguridad, al comienzo, hubiéramos sentido lástima por él, pero después nos hubiéramos burlado de su calvicie, sus vomitadas y el peso que perdía, y pensaríamos que, si nos hacíamos a su lado, nos contagiaríamos.

De acuerdo con lo que me comentó María, Lukas terminó con las defensas muy bajas, no solo a causa de su enfermedad, sino también de todas las burlas que le hicieron perder la autoestima. Sin embargo, atribuyó todo esto a los designios del Dios al que mi mamá también atribuía nuestros problemas. Entonces me sentí por completo desesperanzado.

—No entiendo, María. Si esa es la voluntad de ese Dios castigador, ¿por qué creer en alguien así?

—No tengo ni la menor idea. Lukas decía que era una excusa para comprender y resignarnos a aceptar algo que no podíamos cambiar. Él iba mucho a la fundación y allá encontraba alivio, no en las oraciones, sino en esa conexión que tenía con el lugar y con las personas que se encontraba allí. Tal vez, los culpables somos los que interpretamos esas cosas y no el mismo Dios, no lo sé. —Su mirada estaba perdida, buscando un punto distante, y su voz sonaba a incertidumbre.

Mientras decía esto, yo sonreía por dentro, pues me parecía curioso que, a pesar de no habernos conocido, Lukas y yo coincidiéramos en nuestra forma de pensar.

La conversación siguió mientras el trancón disminuía, le conté lo que había descubierto de Valeria y cómo me sentía por todas esas cosas. María tenía algo muy peculiar que siempre me ha gustado y es el arte de saber escuchar. Saqué cosas que llevaba muy dentro y también me desarmé y lloré un poco. De forma extraña, esas lágrimas no fueron solo por la muerte de Lau sino por las cosas tan tristes que había hecho antes de eso, por aquellas cosas que me hacían sentir culpable.

Ella me hizo ver que, tal vez, el dolor no iba a desaparecer nunca, pero que con el tiempo lo iba a aprender a manejar. A mí eso me sonaba a una esperanza perdida, a algo que se dice por decir para tratar de dar alivio, pero María parecía muy segura.

Traté de cambiar el tema y le pregunté por su sobrina. Me comentó que sus dos hijos y ella eran muy unidos y se trataban como hermanos. Emilia llegó a sus vidas para hacerlas mejores, y ellos se encargaban de protegerla y cuidarla. Me contó que, a pesar de todos los problemas, su sobrina era muy positiva y no se dejaba vencer por nada; así todos se sintieran derrotados, ella tenía la gran habilidad de contagiar a los demás con su actitud. No obstante, no me esperaba lo que me contó después.

—Cuando Emilia estaba pequeña era torpe y se tropezaba. Su belleza siempre cautivó a todos, pero los alejaba su timidez y lo desconcentrada que era. No fue sino hasta una noche en la que se quedó a dormir en el colegio que nos dimos cuenta de que algo no andaba bien. Emilia iba caminando con otros niños por un pasillo, todos llegaron a la cancha donde estaban las carpas, pero el viaje de Emilia se vio interrumpido por un accidente: la niña se fue de frente contra uno de los postes que sostenían el techo que protegía de la lluvia a los estudiantes, el tubo le fracturó el pómulo, pero eso no fue un verdadero problema. A Emilia le hicieron unos exámenes de rigor y le descubrieron Retinosis pigmentaria, una enfermedad visual degenerativa, algo que la dejará ciega por completo antes de los veinticinco.

Entendía que esta familia iba a la fundación con el único fin de no ser juzgada, de darles esperanza a otros y encontrar la propia. Lo que no entendía era por qué todos los problemas se les juntaban.

Nuestra charla se fue diluyendo poco a poco a medida que avanzábamos, y todo pareció volver a una inusual normalidad.

Llegamos a la casa y mis papás me estaban esperando con ansiedad. Al bajarnos del auto se despacharon en elogios y bendiciones hacia María, a quien recibieron de manera efusiva y con sonrisas dibujadas en los rostros. Los ojos de mi mamá mostraban ese destello de esperanza que por algún momento estuvo perdido. María destacó mi caballerosidad e hizo una síntesis de nuestro encuentro, omitiendo, por supuesto, la intimidad de nuestra charla. Antes de marcharse me dio un gran abrazo y una mirada cómplice por los secretos compartidos.

* * *

Esa noche mis papás me hablaron sobre lo importante que era para mí volver al colegio. La verdad, yo no me sentía listo para regresar, no era un lugar al que me afanara llegar o que extrañara demasiado. Sabía que allí no tenía verdaderos amigos y que en el único en quien podía confiar era en Sammy, pero a él lo podía ver cuando quisiera. No obstante, ya era mi último año y no me recibirían en otro lado, de modo que, de cualquier manera, era una tortura a la que me tenía que ver sometido sí o sí.

El insomnio me tomó por sorpresa, al igual que a mi compañera de sueños, Tábata. Los pensamientos no me dejaron dormir y terminé dando vueltas en la cama como muchas otras noches. No tenía ni idea de qué hacer con mi vida, no tenía hacia donde enfocarme y, lo peor de todo, me sentía muy solo.

* * *

A la mañana siguiente había decidido que debía alejarme por completo de Valeria, de modo que tomé la decisión de terminarle de la manera que tal vez se merecía, así que le envié un mensaje por WhatsApp:

Hoy

Lo nuestro ya no funciona. Te deseo todo lo mejor con Pipe, tu nuevo amor. 💔 💔 💔   9:27 ✓✓

Aunque trató de hacerse la boba, no tuvo más remedio que aceptarlo a regañadientes. Sabía que una parte de mí extrañaría su cuerpo, sus besos y su pasión, pero me sentía como si me quitaran un gran peso de encima.

Volver a tomar los elementos que me hacían un estudiante sénior fue extraño, pero no tanto como tener que alistar todo sin Lau.

Echaba de menos nuestras peleas por las demoras cuando nos duchábamos o por a quién le servían más en el desayuno. Caminé a solas con su recuerdo a mi lado, me senté en el paradero junto a su ausencia. Al subirme al bus, un carnaval de rostros lastimeros me dio la bienvenida, recordándome que, ante la tristeza y el dolor, también hay una dignidad qué proteger. Me senté en el puesto de siempre y miré a mi costado izquierdo, dos sillas adelante. Por un momento vi su rostro reflejado en la ventana y escuché su risa llenar nuestras vidas. Esos segundos, esos pequeños lapsos, fueron los instantes más hermosos que pude haber tenido en mucho, mucho tiempo.

Llegué al colegio después de un tedioso viaje y, al bajar del bus, me encontré con un mar de palabras de pésame y un huracán de frases y abrazos de condolencia que llenaron cada milímetro del penoso espacio, plagado de los recuerdos de quien, para algunos, solo era un dolor de cabeza, y para otros, una persona a la que valoraban.

Mi hermana fue un personaje polémico, pero a la vez alguien dulce, admirado y respetado. Los corredores del colegio se habían llenado con su voz, su alegría y su belleza, pero también con las cosas malas y los errores que cometió.

Las dos primeras semanas transcurrieron sin mayores abruptos, pero hacia la tercera las cosas se comenzaron a complicar, debido a ese torbellino de emociones que me acompañaba y al mal manejo de las situaciones por parte de las personas que estaban a mi alrededor.

El sentido pésame duró muy poco y comencé a escuchar rumores sobre la muerte de Lau. Algunos se las daban de chistosos y hacían comentarios sarcásticos sobre moteles, suicidio y, en general, sobre mi hermana. A todo eso se le sumaban las acciones por lástima. La gente no me podía ver callado porque creían que algo me ocurría, como si el silencio y la introspección personal tuvieran algo de malo, como si fuera necesario estar sonriendo y ser feliz todo el tiempo. No necesitaba estar acompañado ni tampoco necesitaba niñeras, pero la paranoia era tanta que no me daba espacio. Recuerdo que el profesor de Química nos asignó una tarea y, antes de terminar la clase, dijo:

—Espero ese informe de laboratorio para este jueves, el único que tiene más tiempo para entregarlo es el señor Cárdenas. Camilo, no se preocupe, me lo puede entregar el martes o miércoles de la otra semana…

Sus palabras despertaron no solo mi indignación, sino la protesta masiva de mis compañeros. Me quedé en silencio mientras la horda de imbéciles se abalanzaba sobre el profesor para reclamarle por el beneficio que me daba. Luego de que los gritos empezaron a disminuir, me puse de pie y le dije:

—Ahórrese su lástima y sus condolencias, no necesito nada de usted ni de nadie. ¿Saben qué? ¡Me vale huevo lo que piensen de mí o lo que digan de mi hermana! Todos son una manada de hipócritas. Dos compañeros suyos murieron, dos familias están destruidas por ese hecho y, ¿cuál es la reacción de ustedes? ¡No les importó, porque solo tienen mierda en esa cabeza, solo les interesa juzgar y criticar, burlarse y hacerles la vida imposible a los demás como si les pagaran por eso! ¡Me da asco pertenecer a esta promoción, qué tristeza formar parte de ustedes!

Tomé mis cosas y salí de allí, queriendo que la tierra se abriera en dos, no tenía adónde ir y con seguridad debía asumir las consecuencias de lo que había hecho. Mis lágrimas de impotencia no se hicieron esperar y se unieron al sentimiento de rabia y dolor que invadía todo mi ser. Los objetos que encontré a mi paso fueron testigos de esa furia desatada en mí. Los cubos de la basura rodaron por el suelo, las huellas de mis pies quedaron marcadas en los *lockers* y la información de las carteleras voló por el aire como papel picado en un estadio.

Después de eso debí asistir a una citación con mis papás, la psicóloga, el director de curso, el profesor de Química y la coordinadora de Disciplina. El informe presentado a mis papás estaba lleno de diplomacia, pero básicamente decía que yo era un peligro para los demás y para mí mismo, un desequilibrado mental que tenía una bomba de tiempo en su interior haciendo tic, tic, tic.

Vi que el rostro de mis papás se descomponía. Era como una película de terror donde las caras se van derritiendo con el calor de la situación. El ambiente era tenso. No sabía qué pasaba por sus mentes mientras leían el informe. Los ojos de mi papá eran dos universos inexpugnables y misteriosos. Mi mamá, en cambio, me daba esa mirada de consuelo que me decía que no importaba lo que dijeran, yo siempre sería su bebé.

Los ojos de todos los profesores parecían posarse en mí, esquivaban mi mirada como si temieran enfrentarme. Sin embargo, pude ver en algunos rostros un halo de satisfacción porque por fin me tenían acorralado. Esa victoria, ese pequeño triunfo, parecía ser un motivo de celebración para ellos.

Camilo es un excelente estudiante, con una familia muy comprometida que siempre ha estado acompañándolo en su proceso de aprendizaje. No obstante, y debido a los hechos recientes que involucran una tragedia familiar de enormes proporciones, vemos con preocupación la estabilidad emocional y psicológica del alumno, quien ha tenido episodios que atentan contra el buen desarrollo y la autoestima, tanto propia como de sus compañeros. Su comportamiento afecta a toda la comunidad escolar y, por lo tanto, nos vemos en la penosa obligación de solicitarle a la familia que lo pongan bajo la observación de un profesional.

Estamos seguros de que lo que proponemos como institución tendrá repercusiones positivas en el futuro de Camilo y en el de sus compañeros. Nuestra decisión tiene como único objetivo cuidar la integridad de toda la comunidad y proteger a cada uno de sus miembros de un posible cataclismo emocional que termine en una tragedia, igual o peor a la que acabamos de tener, la cual afectó a dos de nuestras familias más queridas. Aclaramos, de igual manera, que dicha tragedia no ocurrió por negligencia de nuestras directivas o profesores, ya que esta tuvo lugar fuera del horario de clases y de las instalaciones de nuestra sagrada institución.

Reiteramos la importancia de una valoración psicológica para Camilo y el acompañamiento de un profesional que emita reportes periódicos sobre su evolución. De no contar con este proceso, nos veremos en la penosa obligación de convocar al comité de convivencia, con el fin de tomar una decisión en cuanto a la permanencia del estudiante en nuestro colegio.

Al observar esta situación tuve que agachar la cabeza, aceptar mis errores, excusarme con todos y comprometerme a mejorar mi comportamiento. Sabía que la había cagado, pero también entendía que nadie me estaba guiando o acompañando y que no era del todo justo lo que decían de mí. Juro que quería levantarme de esa mesa y decirles de todo a esos profesores, pero ya no tenía ganas de hacer sufrir más a mis papás.

Ellos quisieron defender su posición y tratar de ponerse de mi parte —lo que siempre han hecho, cada uno a su manera—, pero yo no quería meterlos en más problemas ni hacerles pasar por más dolores de cabeza, por lo que acepté someterme a la valoración y los demás requerimientos que solicitaron. Solo puse una condición. La psicóloga del colegio nos recomendaba a una amiga suya, cosa que hacía a menudo, pero yo prefería tener a María a mi lado.

Ella aceptó ayudarme con una única condición: debía ir a la fundación y ayudar en lo que fuera necesario. Al principio me rehusé y no fui ni a las sesiones ni a la fundación, por lo que María no me entregaba el reporte de asistencia que necesitaba para llevar al colegio. Entonces la psicóloga de la institución emitió un ultimátum. No tuve más remedio que dar mi brazo a torcer y decirle a María que aceptaba su trato. Las sesiones serían todos los miércoles y viernes, y yo debía asistir a la fundación los lunes después del colegio.

* * *

La primera sesión fue la cosa más extraña que haya vivido, y no lo digo solo por las cosas que hablamos y que María me pidió que relatara de principio a fin sin omitir detalle, sino por lo que sucedió esa tarde.

Me bajé del bus en un paradero a tres cuadras de la casa de María y caminé despacio, con la pesadumbre a cuestas. Por un lado, tenía ese sentimiento ambivalente de querer entrar y comenzar un proceso de sanación y, por otro lado, quería entrar y que me diera el reporte que necesitaban en el colegio, dejar el asunto ahí y no volver jamás.

Sentí que se me aceleraban las pulsaciones, estaba nervioso, confundido y errático. Amagué con timbrar por lo menos unas dos veces, y a la tercera, cuando mi dedo llegó a rozar el botón, la puerta se abrió como por arte de magia. María me recibió con amabilidad y me invitó a seguir. No supe qué decir ni qué hacer al comienzo, me sentía extraño. Me guio al estudio y me preguntó si quería algo de tomar, pero no fui capaz de decir nada, por lo que me trajo una gaseosa y tomó asiento, mientras yo husmeaba en su biblioteca, en cuyas estanterías reposaban fotografías que mostraban tiempos felices en su vida.

La sesión fue un viaje por todo aquello que había vivido, una narración a grandes rasgos de mi existencia, en la que profundizamos en algunos aspectos, sobre todo en la relación con mis papás. Me sentí como un barco a la deriva, sin saber hacia dónde iba. Hablamos de Lau y de lo que pensaba respecto a la decisión que había tomado.

Dos horas después, María creyó que era suficiente, aunque todavía nos quedaba mucho por trabajar. Cuando me estaba alistando para salir, sonó el timbre. María me pidió que abriera mientras firmaba el informe.

Al abrir me encontré con Emilia, una joven muy bonita, aunque un poco más gruesa que el promedio de las mujeres que me gustaban. Tenía los ojos oscuros, grandes y brillantes, y el pelo castaño, rizado y desordenado, casi salvaje. Pude escanearla de arriba abajo con rapidez, tratando de descubrir qué tan buena podía estar, pero la sudadera de su uniforme era ancha y no me permitía ver las curvas. No era el tipo de mujer en la que me fijaría habitualmente, ni a la que invitaría a una fiesta o a salir. Distaba de todo aquello que mis compañeros y yo solíamos buscar.

—¡Hola, extraño! Soy Emilia, ¿tú eres...? —Su voz irrumpió el silenció inerte que se había formado al abrir la puerta, me tomó por sorpresa que me dijera algo.

—Cárdenas... Eh, perdón. Camilo.

—Restrepo, Emilia Restrepo, ja, ja, ja.

Su sonrisa le iluminó el rostro y, de alguna manera, me sentí intimidado por su inocente seguridad.

Para ser una persona que estaba perdiendo la visión, se veía muy bien. No fue sino hasta que se sentó en la sala, sacó un libro y se dispuso a leer, que en verdad me di cuenta de su problema. Se puso unas gafas con aumento que parecían un par de lupas. Me descubrió mirándola y cerró el libro.

—Ríete, no hay problema. Puedes reírte del aumento de mis gafas. En mi colegio me dicen Mr. Magoo, en caso de que no lo sepas, era una caricatura de los ochenta con unas gafas gigantes —dijo.

La miré y, sin decir nada, sonreí. Nunca se sintió amedrentada por mi actitud o por mi silencio, y mucho menos por la risa que me dio.

—Ja, ja, ja. Lo siento mucho, pero parecen unos culos de botella de champaña. ¡Qué mierda tan grande! Perdón, de verdad lo siento mucho.

Continuaba riendo sin parar y casi no podía respirar. María me llamó la atención sobre mi comportamiento, pero para nuestra sorpresa, Emilia comenzó a reír, y después los dos dimos un concierto de risa boba, sin siquiera saber por qué. Después de varios minutos y con algunas lágrimas en los ojos, me repuse y vi que María estaba un poco enojada, sosteniendo un sobre sellado en su mano derecha.

—Por favor, no lo abras y no lo vayas a tirar. Te espero el viernes —me dijo mientras me entregaba el sobre y se dirigía a la puerta.

* * *

Camino a la casa me fui pensando en todo lo que me había sucedido y recordé que no reía así desde aquella vez en la que, en medio de un grupo de jóvenes de otros colegios que asistían al Modelo de Naciones Unidas, Sammy trató de impresionar a las chicas con sus conocimientos y, cuando ya las tenía impactadas, le sucedió algo espantoso para cualquier ser humano y sus relaciones sociales: estornudó tan fuerte que le salió una tira larga de moco por la nariz.

Habían pasado tres años desde eso, y desde que dejé de ser un adolescente para convertirme en un remedo de ser humano. A partir de ahí, todo había sido angustia, ansiedad y dolor. Había olvidado lo maravilloso que era reír.

Cuando llegué a la casa, mis papás estaban teniendo una discusión. Al comienzo no me querían decir qué pasaba, de modo que insistí. Mi mamá tenía el rosario en la mano y mi viejo el periódico. Sin decirme nada, mi papá caminó hasta una de las mesas cerca al comedor y tomó una carta. Al inicio pensé que sería algo que tenía que ver conmigo, pero me equivocaba.

—Gente buscándole otra pata al gato, mijo. Los Guzmán, los papás de Rafa, contrataron un perito, un forense gringo que, según ellos, es un experto en aclarar casos como el de tu hermana. Ellos… —La voz de mi papá se quebró por un momento, a lo que le siguió un silencio, solo acompañado por los casi imperceptibles susurros de mi mamá al rezar el rosario—. Ellos quieren demostrar que todo fue culpa de Lau y que ella provocó la muerte de Rafa. Tienen un afán desmedido de decirles a todos que su familia es perfecta y que nosotros teníamos una hija psicópata. —Esta vez su voz contenía indignación, a tal punto que cerró un puño, como queriendo estrellarlo contra algo. Lo sé porque muchas veces tuve ese mismo sentimiento.

La verdad, no entendía nada de lo que pasaba. Todos los problemas que se habían creado alrededor de la muerte de estos dos parecían no terminar. Ahora, dos familias que en el pasado habían sido muy unidas se enfrentaban por aclarar la inocencia de sus hijos en tan indigno evento. Sin embargo, a mi parecer, en un caso como este no había nada qué aclarar.

Me fui al cuarto para tratar de aislarme de los nuevos problemas y me senté frente al computador para adelantar algún trabajo atrasado, pero no podía concentrarme.

Al comienzo tuve la impresión de haber escuchado algo extraño, algo que no encajaba con los ruidos de la casa. Después, ese mismo ruido se hizo más frecuente, por lo que me puse de pie y fui al baño, de donde pensé que venía el ruido, pero no encontré nada. Entonces fui hasta el cuarto de Lau y me quedé unos cuarenta segundos en la puerta que estaba entreabierta. Volví a escuchar el ruido en medio de la oscuridad. Decidí entrar muy despacio y, de repente, vi unos ojos brillantes en el armario. Tábata estaba allí, iluminada por el reflejo de la luz que entraba de la calle. Caminé hacia ella y me agaché para levantarla. Asumí que mi mamá, en su proceso de limpieza del cuarto de Lau, había dejado la puerta del armario abierta y que Tábata había entrado a husmear por ahí. Cuando la levanté, vi algo en el suelo que me llamó la atención y que me dejó un manto de dudas y preguntas por responder: una prueba de embarazo.

Me fui a tratar de dormir, pero mis pensamientos decidieron mantener mi mente en funcionamiento y no dejarla descansar. Pensé en lo que había encontrado, en las cosas por las que Lau había pasado antes de tomar la decisión que tomó, en los problemas que agobiaban a mis papás, e incluso pensé en Emilia y su forma de ser. Pensé en el futuro que me esperaba.

* * *

Al día siguiente le conté a Sammy lo que estaban haciendo los Guzmán y las intenciones que tenían. Trataba de encontrar en él el desahogo y la comprensión que uno busca en sus amigos, pero lo que hice fue despertar su curiosidad.

—Cami, esta es una buena oportunidad para que hagamos una investigación por nuestra cuenta. Vea, solo necesitamos buscar pistas y armar hipótesis. Algo que podamos probar.

—Sammy, esto no es un juego. Esta vaina es seria. Mis papás están muy preocupados, marica. ¿Qué tal que ese gringo pruebe que Lau indujo a Rafa a que se mataran? Ahí sí paila, hermano. Quizá hasta nos demanden y mis papás no tienen dinero para indemnizar a nadie —le dije con preocupación.

—Ay, Cami, eso no pasa sino en las películas. A esa gente solo le importa el qué dirán. Están más angustiados por las críticas que por la muerte de su hijo y lo que la produjo. Hágame caso, yo sé lo que le estoy diciendo.

—No sé, Sammy. No me quiero meter en más mierderos. Mis papás están sufriendo mucho y yo... Solo quiero graduarme e irme de aquí.

A pesar de negarme a todo lo que Sammy me proponía, algo muy dentro de mí me decía que, tal vez, no era tan mala idea. Creía conocer a mi hermana muy bien, pero la extraña forma de su muerte y las cosas que la rodearon me hacían dudar por completo.

Al final terminé aceptando la propuesta de Sammy, pero le advertí que al primer amago de problemas debíamos parar. Un abrazo cerró nuestro trato y una sonrisa le puso el sello faltante. Yo sabía cuánto se amaban mi hermana y Sammy, por eso, nadie mejor para jugar este juego.

* * *

El viernes, día de mi sesión, llevé no solo mis pensamientos, sino el descubrimiento que había hallado en el cuarto de mi hermana. Esa tarde llegué un poco más temprano a la casa de María y, para mi sorpresa, me abrió su sobrina.

—Hola, extraño. Mi tía se demora por ahí una hora. Me dijo que por favor contestes el teléfono porque se cansó de marcar. Muy mal, extraño, muy mal.

No podía creer lo que sucedía. Por alguna razón mi celular estaba en modo avión y no entraban llamadas. Ahora me tocaba quedarme con la ciega y sin saber qué hacer por quién sabe cuánto tiempo. Me senté y saqué el celular para comenzar a mirar mis redes sociales y los mensajes que tenía, mientras Emilia estaba inmersa en un libro. Levanté la mirada e hice un sonido como de burla, no sé si por estupidez o por llamar la atención.

—¿Qué pasa? ¿Nunca habías visto a un ser humano leyendo? —me preguntó con altanería.

Bajé la cabeza, tratando de encontrar algo que llenara ese silencio incómodo que se instaló entre los dos. No sé por qué me dio por sacar la prueba que había encontrado en el cuarto de Lau. Le di una o dos vueltas, tratando de pensar por qué estaba allí.

—¡Huy! No sé si felicitarte o darte el pésame. ¡Qué mal! Tan joven y ya en esas —me dijo en forma de reproche.

—¿Qué? ¿De qué hablas? No entiendo.

—¡A ver, extraño, despierta! Primero que todo, tienes que lavarte las manos después de haber cogido eso porque está lleno de pipí y, segundo, lamento mucho que tú y tu novia ya vayan a ser papás.

—¿No te han dicho que tras de ciega, sapa? Esto no es mío, es de otra persona, boba.

—Bien, dicen que los niños lindos son brutos. No creo que otra persona te haya dado una prueba de embarazo para que la guardes.

Emilia empezó a reírse y eso me molestó muchísimo, por lo que pensé en gritarle de todo antes de marcharme de allí. Me sentí muy ofendido, no por lo que me había dicho, sino por la manera en la que lo hizo. Cuando abrí la boca para ofenderla de la misma manera, oí que la puerta se abría y, no sé cómo, pero tomé la prueba de embarazo y la lancé a las manos de Emilia.

La cosa se volvió muy circunstancial porque, cuando entró María, lo primero que vio fue a su sobrina tratando de deshacerse del test. Ambas quedaron sin palabras.

—Discúlpenme, pero me imagino que como familia tendrán mucho de qué hablar, y no quiero enterarme de sus intimidades —dije.

Sin tiempo para que dijeran algo, me dirigí con rapidez a la puerta y salí con una gran sonrisa en mi rostro porque había hecho justicia. Segundos después, y cuando ya creía que me había salido con la mía, escuché los gritos de María.

—¡Camilo! ¡Camilo! Por favor te devuelves, necesito hablar contigo.

Una vez más, como me había pasado durante toda mi vida de adolescente, recibía un regaño impresionante por la forma en la que me había comportado. Emilia estaba de pie con cara de pocos amigos, mirándome fijo y con la intención de acabarme en un segundo. María no me regañaba por la broma en sí, sino por haber tomado esa situación como excusa para salir de allí y no asistir a la sesión. Ofrecí las disculpas del caso y, a regañadientes, acepté mi equivocación. Entonces sucedió algo que no esperaba.

—La culpa fue mía, fui yo la que provocó todo esto y en verdad lo lamento. No tuve un buen día y no sé por qué me desquité contigo. Lamento haber sido tan grosera, de verdad, lo siento mucho —dijo Emilia de manera muy sincera.

Era la primera vez que alguien se disculpaba conmigo, y la primera vez que una persona intentaba conciliar y hacer las paces sin que fuera una jugada diplomática. Me sentí extraño, pero a la vez halagado. No supe qué decir en el momento o qué hacer. Esa niña se había ganado mi respeto y admiración.

La sesión comenzó. Las charlas con María se distinguían porque las preguntas intrascendentes y repetitivas no tenían cabida. Para ella todo giraba en torno a una conversación en la que hacía que yo hablara, y a medida que aparecía un tema espinoso, lo profundizaba y me iba guiando.

Hablamos de lo que había pasado recién y de la duda que me generaba la prueba de embarazo. Lau hacía muchas piyamadas, por lo que no tenía la certeza de que esa prueba fuera suya o de que en alguna de esas noches una de sus amigas la hubiera dejado en nuestra casa. María me dijo que no debía esforzarme tanto porque los seres humanos somos un enigma hasta para nosotros mismos. Todos tenemos secretos que no queremos revelar, ya sea por vergüenza o por miedo. Esa complejidad era la que estaba viviendo dentro de mí desde que Lau muriera.

Terminamos la sesión y Emilia todavía seguía en la casa, de modo que quise tener un gesto de desagravio y la invité a que tomáramos algo cerca de ahí.

Mientras caminaba a su lado me entró un temor infundado, un miedo de ser visto con ella y que por eso fuera objeto de burlas. Fuimos hasta un centro comercial, a un sitio de hamburguesas, pues ella lo había mencionado por el camino y ambos teníamos hambre. Después de reírnos y ofrecernos disculpas por las cosas malas que nos habíamos dicho, vino la parte seria del asunto.

—Siento mucho lo de tu hermana. Sé que esas palabras son muy cliché y que la mayoría de las veces se dicen sin ser algo genuino, pero para mí las palabras tienen un gran significado y no las digo por decirlas. Nunca conocí a tu hermana y no sé qué tipo de relación tenían, pero yo viví una experiencia parecida. Lukas y yo éramos muy, pero muy unidos. Con Juan Andrés somos cercanos, pero con Lukas era todo muy diferente, él era cómplice de mis cosas y nos entendíamos mucho. Cuando supe lo de su enfermedad pensé en todos esos casos que logran salir adelante y sobreviven, pero cuando murió, quedé más devastada que el día que me dijeron que perdería la vista.

Ella seguía hablando sobre todo lo que le había tocado vivir con su primo, lo mucho que la había afectado verlo agonizar y la tortura que significó perderlo. Me conecté con su tristeza, la vi afectada mientras hablaba. Su rostro se escondía detrás de una coraza enmarcada por el positivismo y la alegría, pero por adentro estaba hecha pedazos.

No había estado al lado de Lau para ayudarla cuando más lo necesitaba. Había enfrentado sola todo lo que pasaba por su mente, lo que la afligía y lo que la afectaba. Lukas, por lo menos, había tenido a su prima al lado, y ella había tratado de comprender su dolor, había hecho todo lo posible para que se sintiera mejor. Esa era la diferencia entre nosotros dos.

Emilia me contó el porqué del problema entre María y Juan Andrés, el cual ya conocía porque había sido testigo presencial de una conversación entre ellas dos hace algunos días, y porque la propia María se había encargado de contármelo. De todos modos, no quise interrumpirla, por lo que la dejé continuar y fingí no saber nada del asunto para no hacerla sentir incómoda.

—Esta clase de tragedias se llevan todo a su paso y acaban con familias enteras, son como un terremoto emocional y psicológico que deja todo resquebrajado y cuyas réplicas destrozan todo aquello que se vea afectado y que no esté bien firme. Mis papás comenzaron a tener problemas cuando supieron de mi enfermedad y, un año después, se separaron. El papá de Lukas y mi tía tampoco aguantaron el voltaje de la situación y, aunque se amaban mucho, no resistieron todo lo que nos pasó y se convirtieron en víctimas de esa batalla.

Su mirada tenía un poco de resignación, al igual que su voz. Pensé entonces en mis padres. Mi papá siempre estaba trabajando y tenía que viajar todos los meses, mi mamá era un ama de casa dedicada por completo a nosotros. Nunca los vi dedicarse tiempo, salir como pareja o ir a un cine tomados de la mano. Sin embargo, no creía que ellos pudiesen tener alguna clase de problema en su relación. Tal vez siempre vemos a nuestros papás como seres asexuados, entes que no tienen ninguna clase de pasión y que de ninguna manera se pueden equivocar. Jamás se me había pasado por la cabeza la idea de ver a mis papás separados, aunque siempre los veía distantes y fríos. No obstante, mi papá y mi mamá fueron bajándole la temperatura a su matrimonio con el paso del tiempo y creo que solo se volvieron compañeros de viaje. Sus voces eran armonías sin sincronía, su presencia en la casa era una luz intermitente con tendencia a apagarse, que solo se encendía con nitidez cuando Lau o yo los necesitábamos. Creo que para ellos esto era como un empleo de veinticuatro horas, algo a lo que no podían renunciar de ninguna manera, tal vez por sus creencias religiosas o por el qué dirán.

Emilia y yo intercambiamos ideas y puntos de vista sobre nuestras vidas. En verdad, no le tenía la suficiente confianza como para abrir mi corazón, de modo que solo le dejé ver la superficie de mi historia. Debo decir que fue la conversación más inteligente que haya tenido con una mujer de mi edad.

—Bueno, creo que es hora de que me marche. Mi papá me está esperando y no quiero que se afane. Espero que nos sigamos hablando —me dijo mientras se levantaba de la mesa, un poco nerviosa.

—Espera, dame tu número y te escribo por WhatsApp —le dije, agarrándola de un brazo.

—No... No tengo eso, ni redes sociales, ni nada parecido. Pero me puedes llamar —me respondió mientras me mostraba su celular, un "flecha" viejísimo.

La vi caminar muy segura de sí misma, indiferente a su desventaja visual. Le ofrecí varias veces acompañarla, pero se negó y no quise armar un conflicto, por lo que preferí aceptar su terquedad. Me dejó su número anotado en la mano, de modo que decidí guardarlo en mi celular porque no quería que, al llegar a la casa, se me hubiera borrado por el sudor. Me levanté de allí, mirando hacia todos los lados y, por un momento, me sentí tranquilo de no encontrarme con alguien conocido. No sabía por qué, pero todavía me acompañaba esa zozobra, ese miedo a que me vieran con alguien que no estaba a mi altura.

Me fui pensando en lo especial que era esa mujer. Quería que Sammy la conociera porque sabía que se entenderían perfectamente y, tal vez, los dos podrían comenzar a salir y, por qué no, enamorarse. Le escribí a mi amigo sobre ella y le dije que se la iba a presentar.

Hoy

Sammy, quiero presentarle a alguien muy cool. Llegó la hora de que pierda su virginidad, ya me está preocupando ja, ja, ja.😂😂😂 No, mentiras, esta pelada es inteligente, le gusta leer y habla muy bacano.👍 8:15

Bien, Cami. ¡De una! Yo también quiero conocerla. Espero que no sea una grilla. 💀 8:17 ✓✓

* * *

Los días siguientes volvieron las preocupaciones, las angustias y los cuestionamientos. Me pregunté mucho sobre algunas cosas específicas, quería saber cuál era el misterio detrás de la prueba de embarazo, la relación de mis papás me despertaba múltiples dudas y me entró una curiosidad morbosa por conocer más de los últimos días de Lau y Rafa.

El lunes de esa semana fue festivo, por lo que salimos con mis papás a almorzar, y mientras íbamos en el auto, observé bien la dinámica entre ellos y me di cuenta de que mi mamá hacía todo lo que mi papá decía y pedía. Por su lado, él no paraba de criticar todo lo que mi mamá hiciera o dijera. Me llamó mucho la atención la forma en la que la afanaba por todo, le exigía que se callara y le hacía comentarios un poco desobligantes. Mi papá no era un tipo violento o agresivo con mi mamá, por lo menos no de forma física, pero siempre usaba un tono irónico y sarcástico cuando estaba con ella.

—Cami, mi amor, ese restaurante tiene muchos años y nos trae muchos recuerdos. Imagínate que tu papá me trajo ahí para nuestra primera cita. Cada vez que pedía algo hacía cuentas en una servilleta y al final le tocó devolver un postre y a mí compartir el mío porque no le alcanzaba el dinero que tenía. —La voz de mi mamá sonaba nostálgica, pero alegre a la vez.

—Huy, viejo conquistador. ¡Quieto, tigre! Beso, beso, beso —grité con el único fin de tratar de reiniciar algo que ya estaba más que perdido.

—Tu mamá y sus cuentos. Eso no fue así y no entiendo por qué tergiversa las vainas. ¡Así empiezan los chismes, deja de hablar tanta paja! El resto del dinero lo tenía en el auto, además, con esa forma de pedir cosas, a cualquiera se le acaba el presupuesto.

Me sentí muy mal por mi mamá. A pesar de que ella sonreía, sé que por dentro estaba más que herida. Me di cuenta de que yo solía tratar de esa forma a muchas personas: a mis profesores, a la monitora de la ruta, a los porteros del colegio, e incluso a algunas chicas con las que salí. Yo era, de alguna manera, un reflejo de mi papá. No puedo acordarme con exactitud de haberlos visto darse un beso, acariciarse o demostrarse amor con palabras. Tal vez la culpa era mía por darles tantos problemas, tal vez la culpa era de alguien más y no de ellos. Nada me podía explicar lo que pasaba entre mis papás.

Recuerdo que nos bajamos del auto para entrar a almorzar y camino a la mesa mi mamá se encontró con unas amigas de la iglesia y se puso a hablar sobre actividades del grupo de oración, la situación del país, los hijos de los demás y el último mensaje del papa. Mientras tanto, mi papá y yo nos sentamos en el lugar de siempre.

—¿Alguna vez la amaste? —le pregunté bastante indignado con todo.

Él me miró sorprendido por la pregunta que le acababa de hacer, esbozó una sonrisa tímida y nerviosa por un momento, se acomodó bien en la silla y aclaró su garganta.

—¿A qué te refieres?

—Te pregunto sobre mi mamá. ¿Alguna vez la amaste de verdad? La forma en la que la tratas me hace dudarlo.

Lo vi suspirar y agachar la cabeza como quien huye de su propia verdad y trata de ocultar todo aquello de lo que se avergüenza. Su actitud me indicaba que había algo más de fondo, aun así, mi papá no estaba dispuesto a admitir sus errores y mucho menos ante su hijo. No sabía que yo no estaba dispuesto a rendirme hasta obtener una respuesta y saber la verdad. Aunque trató en varias ocasiones de mostrarse indignado por mis preguntas, al fin decidió responder, eso sí, no de la manera más sutil e inteligente.

—Es algo complicado, mijo. Yo... yo si la quiero porque ella es una mujer muy consagrada a su hogar, y sí, la amé en algún momento de una manera muy fervorosa, pero con el tiempo todo se fue diluyendo. Mi trabajo, los hijos, los problemas, todo eso va quitando espacio y tiempo a una pareja y a veces no deja ni un rincón para nada más.

—¿Le has sido infiel? —pregunté sin quitarle la mirada de encima.

—¿Qué preguntas son esas? —me refutó, apretando sus dientes en señal de rabia. Su cuerpo se tensionó y su mirada cambió de repente, su aparente indignación no se debía a la pregunta en sí, sino a la respuesta que tendría que dar.

—Es muy simple, ¿sí o no?

—Eres un atrevido, yo no tengo por qué darte explicaciones a ti. Esto es entre tu mamá y yo.

—Me debes esas explicaciones porque estamos hablando de la mujer más sagrada para mí. Tengo todo el derecho a saberlo porque no quiero que nadie la lastime de esa manera y mucho menos tú. —Comenzó a reírse de forma burlona mientras me señalaba con su dedo índice, mostrando una actitud desafiante y acusadora—. Tengo todo el derecho a saber qué pasa en la casa, ya que al parecer he vivido con tres completos extraños durante toda mi vida. No te voy a juzgar, no quiero un problema contigo, pero te pido que seas sincero —le dije mientras le tomaba la mano con fuerza.

Volvió a suspirar de nuevo, agachó la cabeza y se pasó la mano derecha por el rostro, desde la nariz hasta la barbilla, como quien se arranca una máscara.

—¿Quieres que sea sincero contigo? Pues lo seré, aunque no te guste lo que voy a decirte. Tal vez no lo entiendas ahora, pero cuando seas adulto y te cases te acordarás de mí. Los hombres tenemos necesidades y si las mujeres nos descuidan… La relación se enfría. A tu mamá solo le interesó dedicarse al hogar y al grupo de oración, y me hizo a un lado. Encontré en otras personas eso que necesitaba. Además, para ella hay cosas que son pecado, hasta en el matrimonio…

—No, no, no. No quiero saber detalles de nada. ¡Es suficiente! Si no la quieres deberías separarte de ella.

—¡Ya basta! Tu hermana y tú están cortados por la misma tijera. Hace unos meses me dio el mismo sermón. Te voy a decir lo mismo que le dije a ella. Tu mamá supo lo de otras mujeres, lo hablamos, me perdonó y ya lo olvidamos. Llevo varios años pidiéndole que nos divorciemos, pero ella me rogó que no lo hiciéramos para no afectarlos a ustedes. Siempre temió que el divorcio les ocasionara algo malo, pero creo que ahora se está lamentando por no haberlo hecho…

—No sé por qué Lau nunca me comentó nada de esto. Me da asco toda esta situación. No sé con qué clase de personas he vivido todos estos años y, la verdad, ya no me interesa. Solo quiero ver a mi mamá feliz, ya no tienen excusa. Viejo, Lau está muerta y yo soy un drogadicto por el cual no pueden hacer nada, de modo que ya no se preocupen y sepárense.

Vi que la ira se posaba en sus ojos y que se aguantaba las ganas de escupir groserías. Levantó la mano, no sé si para golpearme o para pegarle a la mesa. Pude percibir su gesto de impotencia.

—Dale, viejo, ¡golpéame para completar el combo!

Mi mamá llegó a la mesa y estoy seguro de que la tensión que había entre mi papá y yo la golpeó de frente. No obstante, me controlé, la llené de besos y la abracé como si no la quisiera dejar ir. Le tomé la mano y la acaricié, creo que traté de equilibrar las cosas haciéndola sentirse amada. A ella solo le importó lo que recibía de mí, aunque sabía que algo pasaba entre mi papá y yo, pero hizo a un lado aquella situación y se dejó llevar por el sentimiento que le producía ver a su hijo en un momento de ternura.

Cuando mi papá me dijo la razón por la que no se había separado, me di cuenta de que, en esa decisión, tenía mucho qué ver el miedo al qué dirán. Me pregunté por qué le rendíamos pleitesía a una sociedad que siempre estaba inconforme con nuestro actuar. Hacíamos lo que nos dictaba, hablábamos como nos lo indicaba, nos vestíamos como nos lo ordenaba, e incluso así nos criticaba.

Siempre pensamos en lo que dirán los demás y no en lo que nos hace felices. ¡Aprobación, aprobación, aprobación! No importa la edad, solo buscamos eso. Cuando eres pequeño, buscas que otros niños te acepten para poder jugar con ellos; cuando eres adolescente, te portas como otros te piden para encajar en su grupo, y subes fotografías a las redes sociales para que otros comenten y les den *like*; cuando eres adulto, más de lo mismo, combinado con el trabajo y las responsabilidades. En síntesis, actúas para ser deseado, envidiado y aceptado socialmente. Siempre debes mantener las apariencias de una vida equilibrada, hasta que caes en una pantomima para no dar de qué hablar.

Después de volver a la casa llamé a Emilia y me regué en prosa. No sé cuántas horas hablamos, pero necesitaba desahogarme y liberarme de lo que me oprimía el pecho. Esta vez era ella quien me escuchaba. Su voz, sus consejos y la forma en la que me decía las cosas fueron determinantes para que no me derrumbara. Era una brisa fresca de verano y yo una tormenta de arena en un mar de penumbras. No entendía por qué una persona recién aparecida en mi vida podía tener ese efecto en mí, sentía que podía confiar en su criterio, me sentía en paz al contarle todo lo que me estaba pasando. Podía hacerme sentir mejor con solo escucharme y, aunque suene extraño, esa sensación solo me la habían otorgado antes el alcohol y las drogas.

—Creo que lo mejor es esperar a que se calmen las cosas, deja pasar unos días para hablar con tu papá. Ofrécele la posibilidad de ser escuchado y después toma una decisión. Sé que a ti esto no te suena nada lógico, pero tienes que pensar que lo atacaste y que al sentirse descubierto no reaccionó de la manera más inteligente. No lo quiero excusar por su comportamiento, pero tú tampoco eres un ser inmaculado. Recuerda, él perdió a una hija y no creo que tenga muchas ganas de perderte —me dijo al final de toda la charla.

Al comienzo sentí que, en parte, tenía razón, pero era difícil olvidarme de la rabia que me dominaba por lo que me había dicho mi papá sobre mi mamá y su actitud de enfrentarme como si fuéramos enemigos. Pasé días enteros sin querer saber de él, cuando lo escuchaba en las mañanas me hacía el pendejo para no encontrármelo, en las noches cuando lo sentía llegar me encerraba en mi cuarto. No solo evitaba una confrontación, sino que me daba fastidio tener que verlo.

---◆---

Al fin llegó el día en el que Emilia y Sammy se conocieron en mi casa, y al instante se cayeron muy bien. Me sentí por completo agradecido por esas cosas positivas que, de alguna manera, aliviaban en algo mi dolor. Dos grandes personas estaban ahora a mi lado para apoyarme en todo lo que fuera necesario, y eso no tenía precio. Sammy insistía en su locura de investigar, y a Emilia eso le parecía fascinante. Yo no tenía idea de cómo comenzar pero, por fortuna, ellos dos se habían leído una cantidad de libros impresionante sobre cómo resolver crímenes y esas cosas, además de que eran fanáticos de series y programas de televisión que hablaban de eso.

Emilia armó una línea de tiempo que debíamos tratar de llenar con acciones significativas que involucraran a Lau y a Rafa en los días previos a su muerte.

Sammy se encargaría de hacer una lista de testigos para ser interrogados, y yo, bueno, tenía que buscar pistas entre las pocas cosas que quedaban de Lau en la casa, algo que era muy difícil porque mi mamá había salido de casi todo lo que le recordaba a mi hermana.

Pasamos horas y horas hablando del caso, y tratando de armar todo con cada detalle, de manera que pudiéramos interpretar, casi con exactitud, lo que había pasado ese día.

Parecíamos unos niños jugando a ser grandes y, entonces, me di cuenta de que, a veces, para ser feliz no es necesario tener cosas lujosas ni miles de personas a tu lado, sino solo lo necesario y a las personas correctas junto a ti.

Llegada la noche vi a mi papá estacionando el auto en el garaje. Habían pasado muchos días, y ni él me dirigía la palabra, ni yo le daba el saludo.

Les dije a mis amigos que lo mejor era dejarlo hasta ahí por el momento, ya que el ambiente se podría dañar debido al problema con mi papá. Emilia me miró, como indicando que, tal vez, era el instante preciso para hablar con él. Al comienzo dudé, pero se encargó de convencerme con su mirada y sus insistentes palabras.

Bajé las escaleras, con esa sensación rara en el estómago, abrí la puerta con timidez y salí a recibirlo como lo hacía cuando era niño.

Me llené de valentía para tratar de hacer lo mejor posible y que esto no terminara en un escándalo. Le pedí que nos sentáramos en el tronco al lado del jardín e hice lo que Emilia me había aconsejado, seguí sus instrucciones paso a paso, repetí cada una de sus palabras y las llené de sentimiento y significado.

Estaba muy dolido con mi papá y me incomodaba estar a su lado, es más, en algún momento de nuestra conversación llegué a pensar en largarme de ahí, pero su actitud lo cambió todo.

No me hizo ningún reclamo, no me interrumpió en ningún momento, prestó atención a todo lo que le dije y me reconoció como no lo había hecho en muchos años.

De repente, un espacio de silencio nos abrigó, como a dos desconocidos que se sientan a esperar su destino. No hubo miradas que se crecieran ni movimientos bruscos, y todo lo que quedó fue una pared que nos dividía. Me levanté para ir adonde mis amigos, no sin antes decirle que todo eso me dolía mucho porque lo sentía como una traición de una de las personas que más amaba en mi vida. Entonces ocurrió algo que no me esperaba.

—Cami, ven para acá, hijo.

Lo vi extender sus brazos y levantarse del tronco. Caminó hacia mí con lágrimas en el rostro, su mirada denotaba lo arrepentido que estaba. Por un minuto no supe qué hacer, dudé entre seguir adelante o darle el abrazo que me estaba suplicando. Al final me adentré en sus brazos y lo sentí estallar en llanto y casi derrumbarse. Me pidió perdón y me dijo que no había sido un buen papá, y yo no sabía qué decir ni qué hacer.

Ese pudo haber sido uno de los momentos más hermosos que había tenido en mucho tiempo, pero esa parte de mí que aún no había sanado, esa que albergaba una carga incontenible de rencor y odio, recordó lo cafre que él había sido todos estos años con mi mamá. No sé en qué momento me desprendí de él. Es muy duro ver llorar a un adulto y más si es esa persona que te dio la vida.

Tal vez algunos me juzguen sin saber lo que estaba sintiendo pero, si quería ser sincero, no podía perdonarlo, pues hubiese significado traicionarme a mí mismo.

Me di la vuelta y caminé, como a quien no le importa la cosa, con el corazón arrugado y el alma deshaciéndoseme en pedazos.

Esa noche me fui a la cama con muchas cosas en qué pensar. Por un lado, había logrado doblegar la coraza de mi papá y hacerlo sentir más vulnerable de lo que era. No obstante, me sentía un ser despreciable por haber sido tan duro con él. Muchas veces tuve la intención de entrar a su cuarto, abrazarlo y decirle que lo perdonaba, pero las cosas no eran tan simples.

Por otro lado, me sentía muy agradecido con Emilia porque, en poco tiempo, había llenado mi vida con cosas muy buenas. Pensaba que lo mejor que podía pasarle a ella era que se juntara con Sammy, quien estaba bastante entusiasmado con el tema, además, hacían una buena pareja. Creo que esa era la mejor manera de pagarles a ambos todo lo que habían hecho por mí, y estaba dispuesto a llevar las cosas hacia ese fin.

* * *

Las reuniones con Emilia y Sammy continuaron con la excusa de revisar las cosas sobre el caso de Lau. Mi vida se dividía entre las terapias con María, la investigación y las visitas a la fundación.

Estaba logrando enfocarme de tal manera que me encarrilé de nuevo en lo académico, y los problemas comenzaron a disminuir.

Emilia y Sammy ya habían salido un par de veces y, aunque no había pasado nada, tenía la ilusión de verlos juntos. Por otra parte, nuestra misión conjunta no había arrojado nada anormal y ya empezaba a desmotivarme y a sentirme frustrado.

Aunque todo parecía tomar un mejor camino, o por lo menos yo lo sentía así, no era más que una tensa calma de las que se apoderan de tu vida antes de la tormenta.

Segunda parte

NO SÉ QUÉ ES EL DESTINO, si un lugar al que llegamos, un libro donde ya está escrita la historia de nuestras vidas o una tragicomedia dibujada con los caprichos de su autor. Muchas veces oí frases célebres que intentan inspirar a los desesperanzados con una ilusión efímera de un hipotético éxito.

CADA QUIEN ES EL ARQUITECTO
DE SU PROPIO DESTINO.

Al parecer éramos una mierda de arquitectos porque nuestros destinos se habían derrumbado al primer soplo del lobo feroz. Nuestras vidas eran tan angostas que dolía respirarlas.

* * *

Desde la muerte de Lau, mi estado de ánimo era una montaña rusa, y quizá desde antes. Sin embargo, mis papás nos habían educado solo para mostrar felicidad, y ese era también el común denominador de mis compañeros del colegio. Sentirse y mostrarse triste, desvalido, roto por dentro o bajoneado era algo muy malo, por lo que aprendimos a ocultar e ignorar todos estos sentimientos.

Estábamos locos, pues no comprendíamos que para tener un buen equilibrio emocional era importante experimentar todo tipo de sentimientos, no reprimirlos y aceptarlos. Pero ahora yo ya sabía que llorar limpiaba el alma, que gritar por la impotencia era liberador y que la tristeza formaba parte de la vida tanto como la alegría.

Sin embargo, los demás seguían en la misma dinámica, y cada vez que un punto de aflicción asomaba, la "brigada de rescate" —entiéndase mi papá, mi mamá, mis amigos, mis compañeros y mis profesores— aparecía con la intención de animarme y evitar que me mostrara triste.

Nadie pudo comprender lo que me pasaba, ni siquiera yo mismo lo sabía, y tener a todo el mundo a mi alrededor, queriendo entrometerse a cualquier precio en mi vida, me hacía sentir asfixiado.

◆

Nada es más agónico que la vida después de la muerte, y no me refiero al ser que se marcha sino a los que nos quedamos. El dolor es infinito cuando la ausencia se vuelve recuerdo, cuando el sonido de una voz va marchitándose en el silencio, cuando los rostros van difuminándose y solo quedan nítidos en las fotografías.

Muchas noches entraba al cuarto de Lau, era casi como un dulce tormento. Tal vez lo que pretendía era comprender el porqué de su ausencia, pero más allá de eso, en verdad tenía la esperanza de poder experimentar una sensación espectral, una conexión con el más allá que me diera las respuestas que estaba buscando. No he creído nunca en algo así, en cosas más allá de la muerte, pero con tal de volver a sentirla me aferraba a cuanta leyenda urbana, bíblica y sobrenatural existiera.

En fin, entraba a ese cuarto, me recostaba en la cama y jugaba, haciendo rebotar una pelota de tenis en una de las paredes. Ese sonido único que producía la bola al golpear la superficie se adentraba en mí, como gotas de agua que caen repetidamente, y me sumergía en un trance donde buscaba que todo se solucionara y tuviera un final feliz, como en las películas.

En esos momentos de introspección me llegaron varias ideas a la cabeza para acercarme a la verdad sobre la muerte de mi hermana.

* * *

Una de las claves en nuestra investigación era Lina Cuadros. Ella y mi hermana se habían vuelto muy amigas en los últimos meses antes de la muerte de Lau. Tal vez si la encontraba podría tener más pistas sobre lo que había motivado a mi hermana.

Le escribí a Sammy para que me ayudara a localizarla. La idea era que él la interrogara, ya que yo no era de su total agrado. Por desgracia, no me había portado muy bien con ella.

* * *

Lina y yo coincidimos en una fiesta, donde yo le propuse que limáramos asperezas, para lo cual la convencí de que hiciéramos una tregua y la invité a fumar. Era lógico que mi actuación la convenciera de mi arrepentimiento y mis buenas intenciones, pero lo que en realidad quería era que cayera en una trampa diseñada por "las arpías" y ejecutada por nuestro grupo.

Aprovechándome de la buena relación que tenía con Lau, la llevé hasta un punto aislado de la fiesta y le hablé, fingiendo ser el más sincero de los hombres. Su rostro, enmarcado por las expansiones en las orejas, los *piercings* en la nariz y en la lengua, y el delineador negro en los ojos y los labios, se vio sorprendido. Bajó la guardia, lo que me permitió hacer la movida magistral: le ofrecí un sorbo del "exclusivo" ron que había guardado, solo para las personas más especiales, y que debía tomar a pico de botella en señal de confianza. Lina no sabía que, media hora antes, habíamos recogido cunchos de cerveza, aguardiente y ron, y los habíamos mezclado con la orina de Juanes.

No sé a cuántos celulares llegó el video en el que se veía a esta mujer tomando de la botella un gran sorbo mientras yo la ayudaba, levantando su brazo hasta que la mezcla de líquidos bañó su rostro por completo, seguido de arcadas y vómito por parte de nuestra víctima, y de risas y vítores por la nuestra.

No sabía por qué Lina y mi hermana habían congeniado tanto, siendo tan diferentes. Para mí, ella no era más que un bicho raro que no seguía las reglas de la sociedad, y una de las enseñanzas que mis papás me habían inculcado estipulaba que ese tipo de personas siempre traían problemas.

A veces la diferencia está en la perspectiva con la que se mira, todos tenemos un miedo enorme a aceptar aquello que no está dentro de nuestros estándares y por eso rechazamos lo que no comprendemos.

No se necesita matar a alguien para arrebatarle la vida. Me había convertido en un asesino en serie, en un destrozavidas que despedazaba las ilusiones de las personas que no encajaban en mi mundo, muchas de las cuales terminaron sentadas en un sillón, contando sus problemas a un psicólogo; otras terminaron marchándose del colegio, como Lina, y algunas más agachando la cabeza y resignándose a la suerte que les habíamos otorgado.

* * *

A Sammy le llevó tiempo encontrar a Lina, pero al fin tuvimos noticias de ella. Al comienzo no quiso cooperar porque estaba muy resentida con todo lo que yo le había hecho, y era de esperarse algo así. Sin embargo, luego de unos días, Sammy me dio una enorme sorpresa.

—Cami, está viviendo con los abuelos en una casa fuera de la ciudad. Está estudiando en un validadero[3]. Todo porque se cansó de los colegios normales y la mamá ya no se la aguantó más. Me dijo que no iba a hablar con nadie más que no fuera usted, y que si quería saber algo sobre lo que le había pasado a Lau, tenía que ir usted mismo, darle la cara y preguntarle.

_____

3. Centro educativo donde los estudiantes que no quieren hacer los estudios secundarios en el tiempo normal (6 años), los hacen de a dos grados por año, es decir, pueden graduarse en 3 años.

No supe qué decir, el estómago se me revolvió y sentí que no podía verla de nuevo. Es muy difícil plantarles cara a tus errores, pero ni Emilia ni Sammy dejarían pasar esta oportunidad, y me convencieron de enfrentarme con ese pasado oscuro que llevaba a cuestas y de asumir las consecuencias de mis actos.

Llegó el día de la cita con Lina y los nervios me asaltaron por el camino. La ansiedad me tomó por sorpresa y no me dejó concentrarme en las cosas que planeábamos en el auto de Sammy.

Mi mamá suele decir que el pecado es cobarde, y tiene toda la razón, pues quería bajarme y salir corriendo de vuelta a mi casa.

Nos abrimos camino hacia las afueras de Bogotá. Al llegar al portón de la entrada del conjunto de Lina, un vigilante nos anunció, y seguimos hasta la última casa, donde pude divisar que una mujer joven, con el pelo pintado de azul, se asomaba. Mi respiración se aceleró cuando vi su chaqueta de cuero y su rostro maquillado, donde predominaba el negro. Era extraño volver a ver a Lina.

—Hola. Qué bueno verte —le dije, tratando de controlar mis nervios.

—No puedo decir lo mismo —contestó ella tajante. Me sugirió que nos alejáramos del auto para poder hablar en privado.

—Su amigo me dijo que quería saber sobre su hermana, pero primero quiero escuchar qué tiene para decir sobre lo que me hizo.

—No, no sé por dónde comenzar. La verdad, estoy muy arrepentido, y entiendo que no quieras saber nada de mí. Fui un cretino y no supe valorar a las personas, ni siquiera a Lau. Ella lo era todo para mí y solo le creé un daño irreparable, por lo que, de verdad, lo siento... —Mi voz se quebró por un momento y me descubrí observado por aquella víctima de mis estupideces.

—¿Sabe? Creí que disfrutaría de un momento así. No se imagina todo lo que lo maldije y lo que deseé que sufriera, pero solo siento una lástima muy profunda. Hay heridas que no se cierran con palabras, no creo en su arrepentimiento y no me interesa perdonarlo porque usted no significa nada para mí. Sin embargo, Lau sí tuvo un gran impacto en mi vida... Por lo tanto, si quiere saber qué le sucedió, la respuesta no la tengo yo. La respuesta está en su casa.

Recuerdo que la miré con asombro y quedé un poco confundido con todo aquello que me estaba diciendo. Parecía muy segura de sí misma y se veía empoderada del asunto, no tenía nada qué perder.

—¿En mi casa? No entiendo. Vine hasta aquí para que me contaras todo sobre Lau, algo que me diera una pista sobre la razón por la que decidió quitarse la vida. En su cuarto encontré una prueba de embarazo. ¿Eso es a lo que te refieres? ¡Por favor! Necesito saber qué pasó.

La vi bajar la cabeza y suspirar, luego tomó aire, me miró con cara de reproche y torció los labios, moviendo la cabeza en un acto de desaprobación.

—No hay nada más triste que vivir engañado. Usted creyó que estaba en un paraíso con personas perfectas que profesaban la unidad familiar, pero ahora sabe que no eran sino mentiras. Si quiere saber lo que pasó con su hermana, tiene que preguntarle a su mamá. Aunque yo tenga información de primera mano, ella es la única persona que sabe a ciencia cierta qué le sucedió… —Lina suspiró y salió corriendo. No vi su rostro, pero por su actitud supe que no quería que la viera llorar.

Traté de detenerla, pero no pude hacer nada. Entonces me devolví al auto con la cabeza vuelta un ocho, cargando mi frustración a cuestas. ¿Qué habría querido decir con eso de que mi mamá era la única que sabía a ciencia cierta? Quizá solo buscaba vengarse y hacerme sufrir, o no tenía ninguna información y me había hecho ir para verme humillado. A esas alturas nada tenía sentido.

Mi silencio y mi molestia dañaron el ambiente en el auto, la incomodidad de mis dos acompañantes se sentía en el aire. Emilia miraba por la ventana mientras Sammy trataba de concentrarse en la conducción del vehículo, y yo no podía soportar un minuto más allí. Ya en Bogotá, camino hacia nuestro barrio, empecé a gritarle a Sammy.

—Marica, pare y déjeme aquí. ¡Déjeme aquí o me lanzo del puto auto!

—Ya, tranquilo. Ya lo voy a hacer —contestó Sammy con algo de temor.

Al irse deteniendo el auto, fui abriendo la puerta para salir de allí a como diera lugar. Emilia intentó detenerme, pero en cuestión de segundos ya estaba cruzando la avenida sin importarme los insultos de los conductores que transitaban por el lugar.

* * *

Seguía caminando rápido sin saber hacia dónde iba ni qué quería. Exhausto y muy desesperado, me paré en una esquina, cerca de la iglesia de Santa Mónica. Vi la puerta entreabierta y me metí sin pedir permiso. Nunca había sido muy creyente, pero quería un lugar tranquilo para refugiarme y pensar.

—Cuéntame tus tribulaciones, hijo mío, tal vez pueda ayudarte de alguna manera —irrumpió un susurro en el instante. Ante mí se descubrió la figura de un párroco que me miraba con algo de asombro—. Tranquilo, hijo. Cuéntale al Señor lo que te aqueja. Estoy seguro de que, si lo haces de corazón, te va a escuchar. No hay nada de qué avergonzarse —dijo mientras se sentaba a mi lado.

—Qué va, padre. Dios me abandonó hace mucho tiempo. Mi mamá reza todos los días, es la más devota y dedica su vida a los grupos de oración, y eso no ha servido de nada.

—Rezar no es suficiente, hijo. Puedes orar para conectarte con Dios, pero son tus actos los que demuestran tu fe. De nada sirve venir hasta aquí y decir unas cuantas oraciones, si al salir no vives cada segundo haciendo el bien. Saquemos a Dios de todo lo que nos pasa, dejemos de culparlo por las cosas malas y de alabarlo cuando algo bueno nos sucede. Siempre le reclamamos por las cosas que nos abruman, pero no somos conscientes de que son nuestras propias decisiones las que nos han llevado a ese estado.

—Padre, nosotros siempre hemos sido una buena familia, pero todo lo malo nos llegó al tiempo. Mi hermana se quitó la vida, yo soy alcohólico y drogadicto, y mis papás dejaron de amarse hace mucho tiempo...

—Vuelvo a decirte lo mismo, hijo, las respuestas no están afuera. Necesitas mirar dentro de ti y en el interior de tu familia para encontrar el porqué de los problemas.

Después de llorar por un buen rato, empecé a sentirme un poco más tranquilo. El padre me dejó solo para que pudiera meditar y encontrar las respuestas a lo que buscaba y, aunque me negaba a aceptarlo, lo que me había dicho era muy cierto.

* * *

Llegué a la casa y noté que no había nadie, por lo que subí a mi cuarto y me recosté, tratando de pensar en lo que iba a hacer. Tenía muchos mensajes de Sammy y Emilia, a los que había dejado tirados en el auto, por lo que les contesté que ya estaba en la casa y que no se preocuparan.

Emilia llamó al fijo para confirmar que lo que le había escrito era verdad, y solo así se tranquilizó. Me hacían sentir tranquilo y protegido. Gracias a Emilia y Sammy sentía que las cosas podían mejorar y que dentro de la penumbra quedaba algo de luz.

Todavía tenía una conversación pendiente con mi mamá, pero necesitaba saber cómo llegar a ella. Mi mamá es de las personas que, a pesar de ser nobles, son difíciles en el momento de tener que abrir su corazón.

Busqué ayuda en María, la llamé para consultarle esta situación y para que me diera herramientas para afrontar lo que pudiera ocurrir.

—Camilo, qué bueno que me tengas en cuenta, esto quiere decir que vamos por buen camino y que tu impulsividad se va frenando. Mira, debes tratar de acercarte más a tu mamá, no puedes enfrentarla y cuestionarla porque no vas a lograr nada con eso. Trata de hablar con ella de a poco hasta que vaya soltando las cosas, no la fuerces ni le insistas sobre esa situación. Una cosa más, he visto que Emilia está muy apegada, mejor dicho, la noto como enamorada, de modo que te advierto, si la veo sufrir o que le hacen daño…

Me sorprendió mucho esa última parte. Debo aceptar que me sentí extraño porque sabía que se estaba cumpliendo lo que quería con respecto a Emilia y a Sammy pero, a la vez, había algo que me molestaba. Quizá era el hecho de que podrían alejarse de mí. No obstante, borré esos pensamientos de mi cabeza y traté de alegrarme por Sammy. Le prometí a María que nada de lo que pensaba sucedería, le agradecí por sus consejos y colgué con la convicción de hablar con mi mamá al respecto. Luego decidí escribirle a Sammy.

Hoy

> Pillín, por ahí me enteré de que una mujercita está enamorada. Me alegra mucho, hermano 👍
>
> 5:30 ✓✓

Sentí que la puerta principal de la casa se abría, y la voz de mi mamá pronunciaba mi nombre. Me paré de la cama y salí a su encuentro, con el fin de empezar a establecer lazos de confianza que me permitieran saber un poco más sobre todo este asunto.

—Hola, ma. ¿Cómo te fue?

—Bien, hijo. Estoy muy cansada y con los pies hinchados porque estamos recogiendo mercados para repartir el Día de las Velitas. Espero que me acompañes.

—Claro, ma. Cuenta conmigo que yo te ayudo con lo que necesites. Si quieres te caliento agua para que metas los pies ahí y te hago masaje. No quiero que estés tan cansada.

Ella abrió los ojos como si viera un fantasma, miró hacia los lados, se quedó un momento en silencio y, después de dejar algunas cosas sobre la mesa, dijo:

—¿Estás bien? Tienes los ojos como si hubieras llorado. No sé... Estás raro. Seguro me vas a pedir algo porque estás muy colaborador.

Sabía que la estaba embarrando y necesitaba desacelerar, pero la ansiedad me consumía. Intenté sonar un poco más normal y la ayudé con unos paquetes que traía. Le conté cosas sobre el colegio y traté de hacer una charla amena para que no se pusiera a la defensiva. Hablamos de todo un poco y, sin darnos cuenta, mamá e hijo estábamos sumidos en risas a causa de algunos recuerdos jocosos del pasado. Llevábamos casi dos horas, un lapso en el que parecía que estuviéramos recuperando el tiempo perdido. La vi detenerse y hacer esa mirada que siempre ha tenido cuando se pone trascendental. Me miró con ese amor que solo una mamá puede transmitir y acarició mi cabeza.

—Me siento muy orgullosa de ti. Sin importar por lo que hayamos pasado, has sido capaz de superar todos los obstáculos y salir adelante. En verdad te admiro, hijo... —Se quedó callada de repente y su mirada cambió. Su rostro enmarcaba un desaire, una decepción tan profunda que la pude predecir sin que me lo dijera, pero sus palabras me lo confirmaron—. Dios te va a premiar por tu valentía, Él te puso a prueba y lograste lo que otros no... No me mires así, sabes que tu hermana decidió encontrar la salida más fácil, creyendo que después nos iba a ver sufrir y se reiría de nosotros. Debió haber tenido el coraje suficiente para seguir luchando.

—No sé de qué hablas, ma. Estoy seguro de que Lau hizo todo lo posible por no llegar a ese punto, pero no sabemos los motivos que tuvo para tomar semejante decisión, ¿o sí?

La miré a los ojos, tratando de indagar un poco más. Noté que esquivaba mi mirada y retiraba su mano. Era evidente que escondía algo, por lo que comencé a perder un poco el libreto y la compostura. Estaba a punto de poner mis cartas sobre la mesa para tratar de forzar una respuesta cuando, de repente, mi mamá comenzó a hablar de nuevo.

—Tu hermana vivía en pecado constante y, como buena pecadora, decidió tomar la ruta más fácil.

—¿De qué hablas? Yo siempre fui el que les dio problemas. Ustedes estaban enfocados en mí, yo acaparé toda la atención. Ella fue una víctima más de mis locuras.

Mi mamá empezó a esquivar toda la conversación mientras yo la seguía por la casa. Lo que hasta hacía unos minutos era una charla agradable se convirtió en una discusión sin precedentes.

—Tu hermana tomó esa decisión porque no resistió la gravedad de sus pecados…

—Lau no tomó esa decisión así como así, estaba sufriendo mucho. Lina Cuadros me contó todo lo que pasaba y también me dijo que tú sabías las razones por las que lo había hecho.

Bingo. Mi mamá se detuvo de forma abrupta y me miró con furia, como nunca antes había visto que lo hiciera. Su respiración se tornó más fuerte y frecuente. Exhaló con determinación y su postura describió a una mujer que había llegado a su límite.

—Esa tal Lina es una satánica que solo quería llevar a tu hermana directo al infierno. Ella es la principal causa de todos los problemas de nuestra familia. A veces es mejor no saber la verdad para no sufrir tanto. Yo solo quiero proteger a mi familia…

—¿Protegernos de qué? Tu hijo es un drogadicto, alcohólico, ladrón, mentiroso e irrespetuoso. Tu esposo es un infiel que te pone los cachos con cualquiera. Lau era la única inocente en todo esto.

—Esa maldita Lina vino a nuestra casa y se mostró como el demonio que es, le hizo creer que nosotros la habíamos abandonado y la sedujo, haciéndola caer en sus perversiones… No me mires así, me imagino que te contó con todos los cochinos detalles las aberraciones en las que andaban… Aquí venían todas esas niñas de bien, sus amiguitas del colegio, esas niñas que sí tenían temor de Dios. Pero todo empezó a dañarse cuando trajo a esa muchachita. ¿No notaste cómo se vestía y las cosas que llevaba siempre en la cara? Desde que Lau la conoció empezó a cambiar todo. Tu hermana comenzó a portarse de modo muy extraño, por lo que decidí seguirla y… —Por un momento se detuvo porque no quería seguir con la historia. Al final se sentó en el sofá más grande de la sala y continuó—. Una de nuestras vecinas me había dicho algo, pero no le creí porque pensé que era un chisme más. Cuando llegué al centro comercial vi a Lau en una banca, recostada en las piernas de ese demonio. Esa tal Lina le acariciaba la cabeza, le daba besos en la mejilla y le sostenía la mano. Las personas pasaban por ahí y las miraban de forma extraña.

Cuando fui a confrontarlas me dijeron que no hacían nada malo y que muchas niñas lo hacían, que era algo normal...

Mi mamá siguió contándome todo el episodio, me dijo que Lau no le había hablado por un tiempo y que le había gritado que no la perdonaría por lo que había hecho.

Dos semanas después, cuando estaban solas en la casa, mi mamá le dijo a Lau que iba para la iglesia y que se demoraba, y luego salió. Todo era una treta, por lo que se fue para donde la vecina de enfrente y estuvo allí más de cuarenta minutos, hasta que vio por la ventana que Lina timbraba en la casa. Haciendo un esfuerzo tremendo, esperó otro rato más, pensando que Lina se marcharía pronto, pero al ver que esto no sucedió, tomó la decisión de ir a ver qué pasaba.

Mi mamá entró y, sin hacer ninguna clase de ruido, se dirigió al cuarto de Lau. Allí no encontró a nadie, pero logró percibir un ruido que venía del baño del segundo piso, hacia donde se dirigió, solo para encontrarse con una imagen impactante para ella: Lau y Lina estaban besándose en la ducha de manera apasionada, sin notar que una espectadora quebrantada las observaba.

—Ambas se sorprendieron —continuó mi mamá—. Les di el tiempo para que se cubrieran con una toalla y salieran del baño. Tomé la ropa de esa infeliz y la esperé afuera. Cuando salió, la tomé del brazo y la llevé hasta el pasillo. Le dije que le daba veinte segundos para vestirse y largarse de mi casa para siempre. Lau trató de detenerme... Empezamos a forcejear, la tomé del brazo y ella, intentando zafarse de mí, terminó tropezándose y cayendo por las escaleras. Bajé rápido y la vi inconsciente, me asusté mucho, pero al rato abrió los ojos y empezó a quejarse. La llevé de inmediato a urgencias, no sin antes hacerle saber a Lina que todo lo que había pasado era su culpa. El médico me dijo que tu hermana se había dislocado el hombro y fisurado una muñeca, y que lamentaba decirme que, a causa de la caída, había perdido... había perdido al hijo que estaba esperando. Tu hermana tenía siete semanas de embarazo... —Mi mamá se detuvo porque el llanto no la dejó continuar.

Para mi papá, para mí y para el resto del mundo, Lau se había caído de forma accidental por las escaleras y se había provocado unas lesiones perceptibles a simple vista. Las palabras de mi mamá me hicieron consciente de la realidad de Lau, esa realidad en la que se sintió tan sola, esa realidad en la que las palabras de aliento eran muy necesarias, esa realidad de la que yo fui ajeno.

Miles de preguntas se atravesaron por mi mente, y algunas luces empezaron a encenderse, pero había algo que seguía sin tener claro, y era por qué había terminado mi hermana con Rafa en un motel. Esa pieza no encajaba de ningún modo en el rompecabezas.

Me senté frente a mi mamá, tratando de entender lo que pasaba, y me di cuenta de que íbamos en direcciones contrarias: a ella la aquejaba la vergüenza de saber que tenía una hija lesbiana y promiscua, cosas que no eran bien vistas ante los ojos de Dios, según ella; mientras que a mí eso era lo que menos me importaba. Me sorprendía el escucharla culpar de todo a Lina, como si nosotros estuviéramos libres de toda culpa.

Entendí que, más allá de una simple respuesta, había una complejidad absoluta en la verdad y que, aquello que nos dolía, no era la verdad en sí misma, sino sus raíces.

Mi mamá continuó con su relato, diciéndome que, al parecer, Lau no sabía de quién era el bebé. No obstante, ella decidió encarar a Pipe, pero este le dijo que siempre usaba protección cuando estaba con Lau.

Mi mamá me hizo prometerle que no le diría nada a mi papá. De nuevo, el silencio se hizo dueño de nuestro hogar, esta vez teñido de doble moral y de una decepción malsana que corrompía los cimientos familiares.

* * *

Quería desahogarme. Al Camilo de antes, eso le habría significado acudir al alcohol, a las drogas o al sexo, pero solo pensé en hablar con una persona.

Mensaje de texto

Hola, Emilia.
Necesito hablar contigo.
Necesito verte urgente.

¡Estamos conectados!
Te estaba pensando.
También quiero hablar contigo,
sé que este día ha sido difícil.

No tienes idea de la mierda
que he tenido que vivir hoy.
¿Nos vemos en media hora
en el centro comercial cerca
de tu casa?

Tomé mi chaqueta, salí y comencé a caminar, pensando en todo aquello que tenía que procesar. A veces nos obsesiona tanto la verdad que no nos importa que todo eso abra mucho más las heridas recientes, pero deberíamos dejar esas cosas enterradas en lo profundo del olvido y continuar con nuestras vidas.

Me encontré con Emilia y nos sentamos cerca de la fuente del centro comercial. Allí traté de sacar todo eso que me oprimía el pecho. No sé por qué, pero necesitaba que fuera ella la que me escuchara, la que me dijera que todo iba estar bien.

Ni su rostro ni su actitud cambiaron mientras le narraba los hechos que acababan de suceder, lo que me demostró que estaba con la persona correcta. Su mano tomó la mía varias veces en señal de consuelo, lo que me hizo sentir seguro y reconfortado. Me comprendía sin hacer preguntas ni juzgarme.

Nos levantamos de allí y caminamos hacia un parque cercano, buscando un poco de calma. Por el camino sacó un pañuelo de su bolso y me lo entregó para que me limpiara los ojos y la nariz.

—Es muy difícil por lo que estás pasando, y en verdad lamento mucho que te hayas enterado de esa forma. Tus papás nunca dejarán de serlo, así cometan todos los errores del mundo. Tal vez ahora no lo comprendas, pero tu mamá solo pensaba en lo mejor para Lau. Quizá nunca visualizó el desenlace que iban a tener las cosas. Mira, tú tienes una vida por delante, sé que es difícil superar el dolor, pero de nada sirve seguir hundido en él, pues eso no te servirá de nada. Lo que necesitas es seguir por el camino que estás transitando, dejando a un lado las cosas malas que hiciste y que tanto daño te hicieron, para hacer que Lau, desde el lugar en el que esté, se sienta orgullosa de ti.

Me quedé mirándola mientras sacaba sus gafas para afrontar la ceguera de la noche. No sé qué me pasó por la cabeza, pero sentí que sus ojos brillaban como nunca antes, noté lo terso de su rostro y la belleza de sus labios. Vi a Emilia como no la había visto hasta ahora: una mujer bella, que me hacía sentir único y una mejor persona.

Alargué mi mano para acercarla hacia mí. Nuestros rostros se juntaron y, sin pensarlo dos veces, la besé. Al comienzo tuve cierto remordimiento porque sentía que estaba traicionando a un amigo, por lo que me alejé unos centímetros, pero al instante sentí que sus brazos me rodeaban y que aferraba su cuerpo al mío. Nos besamos de nuevo y una corriente invadió mi cuerpo, me sentí diferente, como si estuviera flotando, no sé cómo explicarlo.

De camino a su casa, con los dedos entrelazados, de vez en cuando nos deteníamos para darnos un beso rápido e inocente. Al llegar frente a su puerta la abracé y la llené de besos y, antes de separarnos, nos regalamos una sonrisa que me hizo sentir renovado y feliz.

Emilia irrumpió en mi vida de un momento a otro para pintar de colores el paisaje gris en el que yo la había convertido.

* * *

Sammy había pasado a un segundo plano porque, aunque sabíamos que lo que estábamos haciendo podía hacerle daño, queríamos estar el uno al lado del otro.

No obstante, cuatro llamadas perdidas suyas me devolvieron a una realidad casi frustrante. Me había dejado un mensaje que leí al subirme al taxi de camino a la casa:

162

Hoy

Cami, ahí no hay nada más que una bonita amistad. Los dos nos entendemos y la vieja me gusta mucho, salimos varias veces y no fui capaz de decirle nada, y un día al fin di el paso, nos abrazamos, nos tomamos de la mano y hasta nos besamos, pero creo que ella no sintió nada especial y pues, yo no sé. Como le dije, me gusta y me parece una bacana, pero creo que ahí no hay nada más y, aunque me gustaría al menos intentarlo, parece que le gusta otra persona, de modo que ni caso. Viejo, hablamos. Cuídese. 📖

9.00 ✓✓

No sabía si alegrarme o entristecerme. Por más que Sammy dijera que no había química entre ellos, era consciente de la frustración que eso le causaba. Le escribí de vuelta, tratando de hacer que mis palabras no me condenaran por lo que estaba sucediendo.

Hoy

No importa Sammy, así es la vida. Sí ahí no hay nada, pues no forzar las cosas. Quizá eso sea lo mejor para todos…

9:47 ✓✓

Llegué a la casa después de un día muy raro en el que los sentimientos se mezclaron de formas inexplicables. No sabía cómo iba a poder dormir con todo eso en mi cabeza: lo que me había contado mi mamá, lo que me había perdido de la vida de mi hermana, el beso con Emilia, el triángulo amoroso en el que estaba metido…

Di muchas vueltas en la cama, cambié de canal millones de veces, fui de *playlist* en *playlist* hasta que me dije a mí mismo que lo mejor que podía hacer era ser sincero con las personas que me querían y que tanto habían hecho por mí.

Marqué el número de Emilia y luego de más de dos horas de frases de cariño, expresiones de alegría, y un montón de cosas algo cursis y ridículas, nos dimos las buenas noches. Juro por Dios que solo quise llamarla para decirle que debíamos dejar las cosas así porque no quería hacerle daño a Sammy, pero pudo más ese sentimiento que me abrigaba y que me hacía sentir seguro, ese algo que me llenaba de cosas buenas cada vez que escuchaba su voz.

Los días siguientes fueron un desafío que pondría a prueba la amistad, el amor y la lealtad.

Capítulo **8**

MI VIDA ERA UN TORBELLINO de emociones que no podía controlar. Se me desbordaba el alma al saber que contaba las horas, los minutos y los segundos para ver a Emilia, estar con ella, escucharla, sentirla.

Había creído que nada podía superar la tranquilidad que la droga me generaba, pero sí, el amor lo había logrado, y de una manera que nunca me imaginé.

¿Quién hubiera podido pensarme en esas? Yo, que siempre había buscado mujeres delgadas, que siempre me había distinguido por levantarme a las niñas *play*, que siempre me había burlado de las feas y de las gordas. Yo, el que siempre había comido a la carta, me encontraba por completo perdido por Emilia.

Me estaba enamorando de una *nerd* de cachetes redondos y rosados, con más grasa corporal que el resto de chicas con las que había salido alguna vez, una que al parecer no se sentía acomplejada ante nadie, y que desafiaba todo aquello que era yo.

* * *

Emilia y yo pasábamos largas tardes en mi cuarto, abrazados en mi cama, ante la presencia silenciosa de Tábata, que encontró en mí a un nuevo compañero para la soledad en la que quedó desde que Lau se fuera.

Decidimos mantener nuestra relación oculta durante varias semanas, mientras hallábamos el coraje suficiente para contarle a Sammy y enfrentar su reacción. La única persona que sabía que andábamos juntos era mi papá porque en varias ocasiones nos había visto besándonos, pero estaba seguro de que él no contaría nada.

En cuanto a Lau, los avances no habían sido muchos, excepto por aquel encontrón con mi mamá. Emilia ya sabía todo, pero Sammy no estaba enterado y, por el momento, quería que siguiera siendo así.

* * *

Recuerdo bien esa tarde en la que Emilia y yo estábamos en mi cuarto, besándonos con pasión, con las manos recorriendo al otro sin miramiento alguno.

Le había prometido que no iba a apurar el momento en el que al fin pudiéramos estar juntos, pero esa tarde no pude contener mi deseo e intenté convencerla de que accediera. Trató de resistirse, pero cada beso que le daba la doblegaba. Entonces desapuntó mi camisa, mientras yo trataba de descubrir lo que había detrás de su blusa. Mis labios bajaban despacio por su cuello, mientras su respiración se aceleraba. Sus brazos se aferraban a mi espalda con una avidez tremenda. De repente, un sonido horripilante nos dejó sentados en la cama, con la piel enrojecida y el corazón a diez mil por hora. El timbre de la casa había sonado en varias ocasiones, de la manera en que solo Sammy lo hacía.

Mi mamá le abrió la puerta para que subiera, y él no tardaría más de cuarenta segundos en llegar hasta mi habitación. Emilia y yo empezamos a vestirnos rápido y a dejar el cuarto de manera tal que nadie pudiera sospechar lo que había pasado. Me senté en un *puf* que estaba justo al lado del armario y tomé mi guitarra, fingiendo afinarla, mientras Emilia tomaba un libro y lo hojeaba.

—¿Adivinen quién llegó? ¡La alegría de esta casa! Les traigo muy buenas noticias. —Recuerdo que Sammy se acercó para saludarme primero y ahí noté que Emilia aún tenía la blusa desapuntada.

Mientras abrazaba a mi amigo en señal de recibimiento, le hice señas a ella para que se acomodara la ropa.

—¿Qué dice el más sensual de todo el colegio? Ja, ja, ja —le dije, tratando de distraerlo un poco, intentando sonar lo más natural posible.

—¿Sensual? Ja, ja, ja. No me haga reír, Cami. Más bien cuéntenme en qué andan. Emilia, no sabía que estabas acá. Te llamé y me dijiste que ibas adonde tu tía.

Emilia empezó a balbucir sin poder terminar ninguna palabra, por lo que salí a su rescate.

—Iba para allá, pero me la encontré y le pedí que me acompañara porque necesitaba hablar sobre un problema que tengo con mi mamá y que, tal vez, solo las mujeres entienden. ¿Cuál es la información que nos tiene?

Sammy no era ningún pendejo y ya se las había olido por lo raro que nos estábamos comportando. Me entregó una carpeta y continuó.

—Ahí van a encontrar mucha información sobre lo que descubrí de Lau y Rafa… Tal vez no le guste lo que lea sobre su hermana, pero mucho menos lo que tiene qué ver con Rafa. Me tengo que ir porque mi papá me necesita para algo…

Me apresuré a cortarle el paso y evité que saliera de esa manera. Sus ojos eran un espejo de agua en el cual había confusión, dolor, decepción y rabia.

—Sammy, marica, hemos sido amigos por muchos años. Yo no le quería mentir, parce. Se lo iba a contar todo, pero necesitaba tiempo para hacerlo.

—¿Sabe qué, Camilo? Ábrase, usted no se quiere ni a usted mismo. A usted solo le importa usted y nada más que usted, el resto valemos mierda. Solo se aprovechó de las cosas que le confesé para darme una puñalada por la espalda. ¡Ojalá sean muy felices!

Traté de detenerlo, pero no pude. Emilia le dijo un par de cosas que él trató de no escuchar. Ni siquiera se despidió de mi mamá.

Nos quedamos en silencio sin saber qué decir o qué hacer, pasamos de una pasión desenfrenada a una desazón mustia que nos dejó destrozados por dentro. Vi a Sammy a través de la ventana, alejándose tan rápido como podía hasta que se perdió por completo de mi vista.

Sabíamos que esto iba a suceder tarde o temprano y que debíamos ser precavidos, pero al final nos hallamos descubiertos de la peor manera posible, con un desenlace que jamás hubiésemos podido imaginar, o quizá sí.

Emilia pidió un taxi y me dio un beso insulso e insípido. Yo me quedé allí, con la amargura y la incertidumbre causada por mis propias decisiones.

Si no la cagaba a la entrada lo hacía a la salida, pero nada funcionaba bien en mi vida.

Traté de contactarme con Sammy e incluso fui varias veces a su casa, pero no me quiso dar la cara. En el colegio me esquivaba y pasaba por mi lado sin saludarme.

* * *

Un día estábamos en el recreo y Sachi, que parecía haber nacido exclusivamente para fastidiarme, hizo un comentario para meterse con los dos.

—Epa, ¿qué pasó? ¿Las novias más lindas de once se pelearon? ¿Se rayaron la cara con el pintalabios? Pobre gordo, ni su marido lo quiere.

Esto exasperó a Sammy, que andaba al límite, y se giró de inmediato a tirarle patadas y puños. Sachi se defendió e hizo lo propio. Varios de nosotros intervenimos y los separamos.

—¿Sabe qué? Uno de estos días me va a encontrar, parce —le dije a Sachi mientras evitaba que Sammy lo volviera a agredir.

—¡Suélteme que yo puedo defenderme solo! No necesito a ningún traidor a mi lado —me dijo Sammy mientras se separaba de mí.

Lo vi marcharse ante la mirada expectante de toda nuestra promoción. Estaba dolido y el chisme de lo que había sucedido ya se había regado por todo el colegio. Traté de acercarme a él de diferentes maneras, pero seguía resentido, y sabía que esta vez podría ser para siempre. Eso me dolía mucho.

Emilia me convenció de que le diera tiempo y espacio para que pensara las cosas mejor. Por ahora, nada lo haría cambiar de parecer. Me dijo que no podíamos detener nuestras vidas y que, cuando estuviera listo, hablaríamos los tres.

* * *

Como Sammy ya sabía lo que teníamos, decidimos seguir sin que nos importara la demás gente: tomarnos de la mano, darnos un beso esporádico o abrazarnos en cualquier lugar.

Todo eso generó una serie de críticas y burlas que traté de dejar de lado, y decidí cerrar Facebook, pues mi familia se había convertido en la comidilla de la gente, y la cantidad de comentarios que se hacían sobre mí y sobre la muerte de mi hermana estaban a la orden del día.

Juanita Trujillo

Lamentable lo que le pasó a Laura, no es por criticar, pero eso le pasa a la gente cuando quiere vivir su vida al límite.

⚑ Destacar   ♀ Participar

Participa...   📄 archivos   fotos 🖼

Pedro Sánchez

Aunque me entristece lo que le sucedió, esto no es más que un recordatorio de que nadie es inmortal, ni siquiera Laura Cárdenas.

⚑ Destacar   ♀ Participar

Participa...   📄 archivos   fotos 🖼

Luisa Triviño

Cuando uno se olvida de Dios… Ahí están las consecuencias.

⚑ Destacar   ♀ Participar

Participa...   📄 archivos   fotos 🖼

Ramiro Junguito

Estar en este mundo solo para hacerles la vida imposible a los papás y a los demás, el colmo.

⚑ Destacar   ♀ Participar

Participa...   📑 archivos   fotos 🖼

Santiago Rugeles

Tan machito que se creía y no le quedó otra que robarle la novia gorda a su amigo gordo. Ja, ja, ja.

⚑ Destacar   ♀ Participar

Participa...   📑 archivos   fotos 🖼

Paulino Villate

¿Tan duro le dio la muerte de su hermana que ahora anda con una gorda? Ja, ja, ja.

⚑ Destacar   ♀ Participar

Participa...   📑 archivos   fotos 🖼

Todo el mundo se sentía con derecho a opinar. Aquello fue muy abrumador.

* * *

Emilia y yo hicimos nuestra relación oficial cuando me presentó a sus papás y a varios miembros de su familia. Nunca había hecho algo por el estilo, pero con ella era diferente.

Cuando les conté a mis papás, mi mamá se alegró porque Emilia era una niña decente, caso contrario al de Valeria quien, aunque era de una familia "bien", no transmitía buena vibra y venía acompañada de una terrible reputación. A mi papá no le fue indiferente la situación, y me dijo que sentía que ahora sí me estaba mezclando con las personas adecuadas y que eso lo alegraba sobremanera.

Por desgracia, ambos desconocían el precio que estaba pagando por llegar a ese punto. Por un lado, perder a Sammy había sido muy doloroso, no era fácil tener que elegir entre los dos. Por otro lado, me estaba enamorando de Emilia, y enamorarse de una persona puede significar muchos cambios en tu vida. Ya no piensas solo en ti, sino que le añades otro factor diferencial a la ecuación, lo cual sube el nivel de complejidad de cualquier inconveniente, pero también incrementa las alegrías y los momentos de placer. Lo que no eres capaz de calcular o predecir, es lo mucho que puedes sumergirte en un mundo del cual parece que no puedes retornar de forma tan fácil.

◆

Otro de los problemas con todo lo ocurrido era que había perdido la perspectiva con la investigación que estábamos haciendo sobre Lau.

Mientras cuadraba unas cosas del colegio, encontré la carpeta que me había entregado Sammy y que no había abierto todavía.

Me dio curiosidad y comencé a revisarla. Lentamente me fui adentrando en las páginas y en cada aspecto de estas. Había información médica y psicológica detallada tanto de Rafa como de Lau. No sabía cómo se había dado maña Sammy para conseguir esos datos que se podían considerar como clasificados. Cada palabra, cada oración, cada párrafo y cada hoja esclarecían, de alguna manera, todo lo que había acontecido con ellos.

La verdad y solo la verdad era algo que tanto mi hermana como Rafa se habían llevado a la tumba, y el resto de nosotros solo podía tratar de interpretar de la mejor manera lo que estaba al alcance.

Tardé horas en revisar y clasificar la información. Necesitaba buscar algunos *links* que me llevarían a más datos reveladores sobre toda la complejidad del asunto, ingresar a cada espacio y revisar cada frase. No me apresuré, leí con detenimiento, subrayé, resalté, hice anotaciones y comparé los nuevos datos con los que habíamos conseguido antes. La madrugada me tomó por sorpresa mientras mis papás se quejaban del supuesto cúmulo de tareas que los profesores estaban asignándome. Pues pensaban que mi trasnocho tenía qué ver con eso. No obstante, se sentían un poco más tranquilos porque mi tiempo estaba invertido en cosas diferentes a lo que tiempo atrás me atormentaba.

A la mañana siguiente, en el colegio, traté de hablar con Sammy para que me contara de dónde había sacado la información, pero fue imposible porque no había ido y tampoco me contestaba el celular.

Mi mente daba vueltas porque necesitaba corroborar los datos de la carpeta. Me encontraba en ese punto en el que miras el reloj todo el tiempo, con el único fin de cerciorarte de que pasa lo suficientemente rápido para encontrar el momento preciso de ir adonde tengas que ir, pero es un error porque, de alguna manera, el reloj va más lento y, asimismo, la realidad.

Recuerdo que llegó la hora del almuerzo, y que llamé a Emilia y quedamos en encontrarnos en el centro comercial para mostrarle lo que había en la carpeta.

Me bajé de la ruta, timbré un par de veces, mi mamá me abrió la puerta y la saludé como si fuera una extraña cualquiera. Luego subí a mi cuarto, tomé los documentos y salí con destino a mi cita. Le marqué muchas veces a Sammy para que nos alcanzara allá y pudiéramos hablar de todo, pero la respuesta nunca llegó.

Vi a Emilia esperándome en el café, con su pelo ensortijado, un libro en la mano y una sonrisa dibujada en el rostro. Cada vez que nos encontrábamos ella hacía bobadas con la cara: sacaba la lengua, me mandaba besos o hacía miradas extrañas. En un tiempo diferente, eso me hubiese parecido ridículo, pero en esos instantes llenaba mi vida de sonrisas y me encantaba la naturalidad con la que se comportaba conmigo. No podía parar de besarla, abrazarla, sentir sus manos y su piel, y mucho menos de escuchar su voz.

—Bueno, no me citaste aquí solo para que nos viéramos, de modo que dime, ¿qué encontraste? —habló, tratando de ponerse seria.

—Me di cuenta de que estoy enamorado de ti, ja, ja, ja. Ya, en serio, sí estoy enamorado de ti, pero lo que quería mostrarte era esto —le dije al tiempo que le entregaba la carpeta.

Se quedó callada, mirándome. Su rostro se iluminó, sus ojos brillaron y mi corazón se aceleró por lo que le acababa de decir. Jamás había dicho algo tan sincero en mi vida, por lo menos no a una persona fuera de mi familia. Ella siguió mirándome, como tratando de ver más allá de mi figura, intentando entender la magnitud y veracidad de mis palabras. Después acercó su rostro despacio, y sus labios estallaron con los míos.

—Yo también estoy enamorada de ti —me dijo al oído después de besarme.

La abracé, como aferrándome a ella, y sentí que, de alguna forma, nuestras almas también se abrazaban.

Si la felicidad tiene rostro, creo que ese es el de Emilia. Por un momento olvidamos todo: los problemas, las angustias, la tristeza. Ninguna droga te puede hacer experimentar esa sensación, ninguna tiene el poder de llevarte hasta ese punto.

Después de un rato nos cubrió un silencio un poco incómodo, que se quedó como nuestro acompañante temporal. Ninguno de los dos sabía si los testigos de esa escena romántica y tonta podrían sentirse inspirados o si éramos objeto de burla. Me dio un poco de vergüenza, sentí que a Emilia también. Estábamos ahí, en medio del café, abrazándonos como bobos, por lo que me aclaré la garganta y retomé el tema de la carpeta.

Emilia la abrió y comenzó a leer los puntos que yo había subrayado y resaltado. Sus ojos se agrandaron como platos, evidenciando la sorpresa. Abrió la boca sin poder decir nada, ambos estábamos estupefactos con la información allí consignada.

—No entiendo cómo hizo Sammy para conseguir todo esto. ¿Te das cuenta de lo que significa lo que dice aquí? Se establece un parámetro médico para Rafa, eso es algo muy delicado.

Paciente masculino de 15 años, ingresado a urgencias con evidentes signos de alteración y ansiedad. El individuo se sentó en la cama de sus padres a altas horas de la noche, en su mano tenía un cuchillo de cocina, su madre se despertó alterada. Entre ambos lo sometieron a la fuerza, ya que presentó resistencia.

Rafael Andrés Guzmán Pretelt adujo que unas voces en su cabeza le ordenaron acabar con las almas que tenían poseídos a sus padres. Después de realizar diferentes pruebas y dejar al paciente sedado y en observación, se determina que es posible que el paciente haya desarrollado una esquizofrenia paranoide de la cual no hay registro alguno de una etapa prepsicótica. No obstante, sí se observan síntomas avanzados de:

- Predominio de ideas delirantes y alucinaciones.
- Manifestación de ideas delirantes (persecución, influencias extrañas, trastornos de la percepción).

—¿Qué estás pensando? —inquirí con rapidez.

—Puede ser que tu hermana no se haya suicidado. Mira, aquí hay un informe con fecha de un mes antes de que todo ocurriera.

Al parecer, Emilia había llegado a la misma conclusión que yo. La sola idea de pensar que Lau no se hubiera quitado la vida me hacía sentir cierto alivio. No obstante, no sabía si realmente quería conocer la verdad. Creo que nadie está del todo listo para indagar sobre los momentos íntimos de un ser querido, aunque signifique limpiar su reputación.

Vi que Emilia volvía sobre el informe. Entonces tomé aire, respiré profundo y me preparé para lo que venía.

El paciente fue ingresado tras tener una crisis. Hacía dos años y medio se le había diagnosticado esquizofrenia paranoide en etapa residual avanzada, por lo cual venía siendo tratado en terapias y con fármacos. Cabe aclarar que la familia decidió suspender todo tratamiento hace seis meses y que, bajo su responsabilidad y cuidado, se hicieron cargo, excluyendo a esta institución, sus directivas, los laboratorios fabricantes del suministro farmacológico y los médicos que lo atendían, de las consecuencias de actos futuros perpetrados por el paciente, los cuales pueden incluir lesiones graves a sí mismo o a los demás.

En apariencia, Rafa había sido un tipo normal. En el colegio a veces asumía la posición de líder, tomando acciones en contra de otras personas. Unas veces estaba de mal genio sin explicación alguna, y otras veces nos decía que creía que iban a pasar cosas malas. Todos pensábamos que era solo por molestarnos.

Había sido el mejor amigo de mi hermana por un buen tiempo, no sé en qué momento se podían haber involucrado el uno con el otro, algo que me vi obligado a considerar cuando supe que los habían encontrado en un motel, pero ahora este informe nos enfrentaba a una situación que no habíamos contemplado antes.

La sangre se me congeló. Ya había leído ese texto varias veces, pero el escucharlo de otra persona le daba otro tinte al asunto, una profundidad y un enfoque diferentes. Me asusté mucho porque todo lo que estaba consignado allí era fiel a la realidad que vivimos con Rafa en el colegio: se había vuelto retraído, callado, e incluso solitario, como decía el informe. Todos llegamos a pensar que quizá estaba consumiendo drogas en exceso o que sus problemas con la migraña se habían agravado, pero nunca sospechamos lo que en verdad sucedía.

—Los *links* que están más adelante llevan a Wattpad. Rafa estaba escribiendo un libro y, según lo que veo en la sinopsis, parece que tiene mucho qué ver con su vida. ¿Vamos a mi casa y comenzamos a leerlo? Pensé que era un dato sin importancia, pero me hiciste dar cuenta de muchas cosas —le dije a Emilia mientras tomaba su mano.

—Mejor otro día.

La vi un poco incómoda mientras cerraba la carpeta y la movía hacia mí. Su actitud había cambiado de forma radical, como si le hubiera molestado lo que dije. Su mirada se desvió un par de veces hacia otro lado. Se levantó rápido, tomó su libro y trató de marcharse. Sin saber qué pasaba, la tomé del brazo y me devolvió una mirada molesta, suplicante.

* * *

De repente, una voz retumbó desde otra mesa.

—Cárdenas, qué bueno verlo. Oiga, hermano, se ve muy saludable. Mi mamá es nutricionista y dice que para tener la piel como usted se debe consumir bastante cerdo, me gusta que le esté dando a la lechona —dijo Sachi, acompañado por las risas de su grupo de amigos.

Nos miraba de forma burlona y despectiva. Sus palabras pretendían ofenderme, y lo consiguieron. No le dije nada, pero la furia llenó todo mi ser y, sin pensarlo dos veces, me trancé en una lucha titánica con él. En medio de la pugna, había conseguido, por primera vez, superarlo y, cuando estaba haciendo justicia por mi propia mano, sentí golpes y patadas desde distintos ángulos. Una de esas aterrizó en mi cabeza, dejándome fuera de combate por unos segundos.

Cuando reaccioné, el personal de seguridad del centro nos tenía agarrados a Sachi y a mí, los demás habían desaparecido de la escena. Emilia estaba a mi lado, con lágrimas en los ojos, preguntándome si estaba bien.

La verdad, todo me dolía, un ojo se me estaba cerrando y me sentía bastante maltratado. Su voz esta vez me pedía perdón y, a pesar de que intentamos hablar, los guardias no nos dejaron cruzar más palabras en la confusión.

Aunque Sachi estaba golpeado, no se comparaba con lo que sus amigos me habían hecho. El jefe de seguridad llamó a la Policía, que apareció casi de inmediato. Esposado, humillado y golpeado fui trasladado con mi enemigo al CAI más cercano. Mi mano derecha colindaba con su mano izquierda, y los insultos iban y venían, mientras los policías nos advertían que si continuábamos de esa manera nos iban a judicializar. Después de dos horas, los papás de Sachi se hicieron presentes para firmar un acta de compromiso y así poder llevarse a su hijo, quien antes de irse se acercó para susurrarme algo.

—Parce, le voy a enviar un regalito para que sepa que yo lo quiero mucho y para que se dé cuenta de que su noviecita no le conviene.

Pensé que solo trataba de provocarme para meterme en más problemas, por lo que hice caso omiso. Mis papás fueron a sacarme de allí media hora más tarde, no sin antes hacer el mismo proceso que los padres de Sachi. Mi papá me miró con resignación mientras mi mamá llenaba a los policías con bendiciones y agradecimientos. El camino a la casa fue un suplicio porque ese silencio incómodo que nos cubría dejaba ver el malestar de mi papá y un viso de frustración ante tanto inconveniente. No sabíamos que todo esto desataría un punto de inflexión que tal vez sería crucial para definir el resto de nuestra historia como familia.

—De verdad, Camilo, que yo no entiendo cómo se mete en tanto lío. Ojalá usara la misma energía para hacer cosas positivas —me dijo mi papá mientras llegábamos a la casa.

—Pero, pa, ese tipo se fue de ofensa conmigo todo el tiempo...

—Más pendejo usted que se deja provocar por un hampón como ese. Aprenda a controlarse. No puede estar solucionando todo a golpes, y mucho menos cuando solo quieren que reaccione así.

Me dolían sus palabras, pero estaban llenas de razón. No supe cómo contestar ni qué decir. Solo pude agachar la cabeza y aceptar que tenía razón. Mi mamá me devolvió el celular. Tenía tres llamadas perdidas de Emilia, pero no se las devolví de inmediato. Al llegar a la casa tuve que ponerme hielo en el ojo y en la espalda, estaba muy adolorido, y no solo físicamente, pues el que Emilia se marchara sin decirme nada me dolió bastante. El teléfono vibró y, al ver el remitente, contesté de inmediato.

—¡Cami, necesito hablar urgente con usted! Voy camino a su casa. No se vaya a ir y hágame un favor mientras llego, apague su teléfono. Ahora le explico.

—No me joda, Sammy. Por lo menos pregúnteme cómo estoy. Unos tipos amigos de Sachi me volvieron mierda, ¿y cómo que apague el teléfono? No entiendo nada. Más bien venga y hablamos…

—Cami, si usted confía un poco en mí y quiere que sigamos siendo amigos debe apagarlo mientras llego. Ya voy para allá y le explico.

No sé por qué a veces la vida pone tantas trabas para que logremos algo, tal vez por eso muchos se sienten exhaustos y van abandonando este viaje en el camino.

Sammy estaba muy lejos y no alcanzó a llegar para impedir lo inevitable. Cuando apareció, yo estaba sentado en el jardín, justo en el tronco que compartíamos con Lau, con la mirada perdida en el horizonte y moviendo los dedos sobre mis muslos de forma frenética. Pude notar que Sammy caminaba hacia uno de los muros de la casa y recogía los pedazos de mi celular.

—Cami, lo siento mucho. Yo quería hablar con usted porque necesitaba decirle muchas cosas…

—¡Cállese! No necesita decirme nada. Todo es muy evidente. ¡De aquí en adelante no se habla más del tema si quiere que seamos amigos! ¡Emilia está muerta en lo que a mí respecta! ¿*Ok*? Ya no quiero saber más de ella o de su familia.

Sammy me miró y trató de hacerme entrar en razón, pero no le presté atención. Mi amigo había recorrido media ciudad con el único objetivo de evitarme un dolor muy grande. Él, quien hacía unos días se sentía herido por mí y había jurado no volver a hablarme, corría por cada cuadra y arrastraba su pesado cuerpo hasta casi perder el aliento con tal de ayudarme.

* * *

Me pareció extraño que Sammy me pidiera que apagara el teléfono, sentí que era una pendejada, por lo que no le hice caso. Lo desbloqueé para llamar a Emilia y mientras buscaba su número en la agenda, recibí varios mensajes de Sachi, y aunque en un primer momento pensé en borrarlos, me pudo la curiosidad y accedí a la aplicación para verlos:

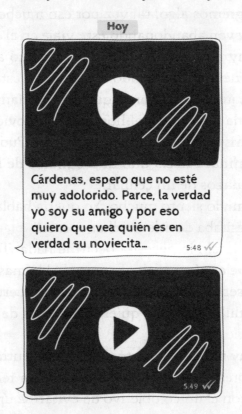

Hoy

Cárdenas, espero que no esté muy adolorido. Parce, la verdad yo soy su amigo y por eso quiero que vea quién es en verdad su noviecita... 5:48

5:49

Junto con el mensaje venían dos videos que descargué de inmediato. Di *play* en el primero y, cuando las imágenes empezaron a sucederse, no pude creer lo que vi: Emilia estaba en su cuarto en ropa interior, decía algo de forma amorosa y complaciente en lo que pude escuchar el nombre de

Sachi. Las imágenes corrieron por casi tres minutos. Vi con mucho dolor cómo se desvestía frente a la cámara aquella de la que estaba enamorado, para complacer a otro que no era yo. Poco a poco fue quedando desnuda, y bailaba y le enviaba besos a Sachi. Decidí abrir también el segundo video, que duraba mucho menos, y no fue necesario ver más allá de diez segundos: las imágenes mostraban a Sachi y a Emilia desnudos y besándose con intensidad. De inmediato, y con todo el dolor que me sobrepasaba, marqué el número de Emilia.

—Menos mal que me llamaste, necesitaba hablar contigo urgente… —contestó ella, pero no la dejé continuar.

—¡Cállese y escúcheme bien, perra! No quiero que me vuelva a llamar, a pronunciar mi nombre o a aparecerse a cien metros de mi casa. Usted es la persona más sucia, vil y ruin que haya podido conocer.

Las lágrimas no me dejaron seguir hablando, colgué, bajé corriendo las escaleras y salí al jardín, tratando de encontrar algo de calma, pero cuando las imágenes que vi en el video regresaron a mi mente, la rabia se apoderó de mí y estrellé el celular contra la pared. Después me senté a llorar como un niño, sin darme cuenta de cuánto tiempo pasaba o si algo me dolía. Era como si ya no me importara nada.

* * *

Sammy había llegado muy tarde, lo supo cuando me vio, sabía que estaba completamente destruido por dentro.

—Sammy, no sé qué voy a hacer. Me duele mucho, todo esto es muy triste. Lau me dejó, mi familia está destruida, ¿y ahora esto? Estoy vuelto mierda, hermano.

Dicen que no es amigo el que contigo ríe sino el que contigo llora, y Sammy lloró conmigo esa noche.

Mi papá me vio tan mal que se acercó y me abrazó como hace años no lo hacía, ni siquiera cuando ocurrió lo de mi hermana. Lloré esa y casi todas las noches que siguieron, jornadas en las que la ansiedad tocaba a mi ventana, creando en mi interior una lucha constante entre mi voluntad y las ganas por rendirme ante las tentaciones que se plantaban en mi memoria.

No sabía que una pena de amor doliera tanto. Sammy, al verme tan mal, se ofreció a quedarse unos días conmigo. Era obvio que, al estar golpeado en cuerpo y alma, no podía ir al colegio y, la verdad, ya no quería regresar a ese lugar.

Reuní a mis papás y a Sammy y les pedí que, por favor, no me hablaran de Emilia. Trataron de razonar conmigo con el fin de hacerme ver que todo podía arreglarse, pero al fin entendieron que ese no era el momento y que debían esperar.

Atrás había quedado la muerte de Lau y todo lo que habíamos descubierto sobre Rafa, tal vez por esas cosas que pasan en la vida y que nos hacen redefinir nuestras prioridades, y mi prioridad en ese momento era compadecerme de mí mismo.

Capítulo 9

A LO MEJOR siempre queremos aferrarnos al pasado porque es lo más cierto que tenemos, porque es fácil recordar lo bueno y lo malo. Quizá por eso vivimos presos de lo que dejamos de hacer o de lo que hicimos mal.

Los que han muerto no pueden determinar nuestro presente o nuestro futuro, pero los que quedamos insistimos en no romper ese lazo que nos unió y los tomamos como excusa para no seguir adelante, para olvidarnos que de ellos solo existe un recuerdo, una luz perdida que se oculta en algún rincón de nuestro corazón y que brilla de alguna manera en nuestro ser.

Todas las cosas que habían sucedido a mi alrededor tenían ese tinte amargo de estar conectadas a mi hermana, y yo me mantenía inmerso en mi propia lástima para tratar de sobrellevar el dolor que me invadía.

De igual modo, mi mamá tenía que vivir con el dolor que le generaba el recuerdo de mi hermana y el tener que dormir con un esposo que cargaba un olor diferente en la piel con cada viaje.

Por su lado, mi papá vivía con el dolor de haberse visto lejos de sus hijos, y de no saber qué hacer para que el único que le quedaba no terminara sucumbiendo.

Todos vivíamos en una falacia a la que llamábamos hogar, habíamos perdido a Lau y la vida nos había hospedado en un torbellino de problemas.

———————————   ◆   ———————————

Perdí toda noción de confianza en las personas. La tristeza se volvió una compañera constante de viaje y el silencio comenzó a hacer mucha más presencia en mi vida. Tengo que admitir que me sentí miserable por todas las cosas que me habían sucedido. Ese sentimiento de conmiseración se volvió un compañero permanente con el pasar del tiempo. Corté toda conexión con la gente del colegio y pasé de ser una de las personas más populares, a sumergirme en el aislamiento monosilábico de mis respuestas.

Tenía un solo objetivo en mente: graduarme. Habían pasado siete meses desde la muerte de Lau y casi dos desde que todo se había ido por el drenaje con Emilia. Ella intentó hablar conmigo varias veces, me envió cartas, me llamó a la casa, pero mi dolor fue tal que rechacé todo lo que viniera de ella.

Solo quería que ese año terminara, que se fuera el tiempo y borrara los rastros de lo que fui.

Tuve la intención de llamar a Valeria y desquitarme, llevándomela a la cama cuantas veces quisiera. También pensé en levantarme a cualquier mujer que estuviera dispuesta a todo, con la venganza como único motivo.

La necesidad de alcohol y drogas se hizo presente, pero la fuerza de voluntad pudo más y no caminé de vuelta al abismo. Algo muy dentro de mí me detenía, no sé qué era, pero algo me decía que esos segundos de calma y tranquilidad que mi pasado podría generarme, vendrían acompañados de un vacío mucho mayor al que estaba habitando.

Hoy me siento muy orgulloso de haber sido fuerte, de haber sido capaz de decir no, de haber hecho lo correcto.

Durante ese tiempo de soledad me di cuenta de que mi papá tenía algo de razón en muchas de las cosas que me había dicho o que había insinuado.

Yo había tratado de hacerme el centro del mundo y que todo girara alrededor de mí. No digo que no tenga culpa en eso, pero por la manera en como mis papás me criaron, hicieron que creyera que podía hacer lo que yo quisiera, y que yo era lo más importante y lo demás era secundario. Hasta ahora lo veía.

———————————— ◆ ————————————

María me invitó a la fundación para que hablara con una niña de trece años cuyo hermano mayor se había quitado la vida. Al principio me negué porque no sabía qué decir ni para qué me iba a servir eso, pero al fin me terminó convenciendo cuando me dijo que solo contara mi experiencia y que tal vez así podíamos salvar la vida de aquella pequeña. Terminé narrando mi testimonio frente a un grupo de jóvenes entre los doce y los dieciséis años, y comprendí que solo quienes han vivido tu mismo infierno pueden entenderte.

La niña de trece años se llamaba Melissa y su hermano lo era todo para ella. Era una chica frágil, de esas que tienen pocos amigos. Había sufrido mucho porque sus papás eran separados y habían decidido que cada uno debía quedarse con un hijo, por lo que ella se quedó con su mamá.

El hermano había extraviado el rumbo de la misma forma en la que yo lo había hecho, solo que perdió todo el control de sí mismo y terminó cortándose las venas y dándose una punzada en el cuello sin que nadie pudiera ayudarlo.

Esta pequeña se sentía todavía más sola que yo y no sabía qué hacer, sus papás se culpaban el uno al otro y se les olvidó que ella seguía viva. La gente en la fundación tiene la misión de tratar de escuchar, pero al mismo tiempo de fortalecer a todos los que asisten, y yo traté de hacer eso con Melissa.

A partir de entonces nos volvimos amigos, le di mi número para que me escribiera o me llamara cuando necesitara hablar con alguien.

Semanas después de conocernos y luego de una charla en la fundación, se acercó y se sentó a mi lado.

—Tu hermana debe estar muy orgullosa de ti, se ve que fuiste muy bueno con ella —dijo Melissa.

Cuando escuché eso, pensé en todas las cosas que Lau había hecho por mí y entendí que todos habíamos asumido que era capaz de cuidarse sola. La habíamos abandonado a su suerte. Yo no la había cuidado lo suficiente porque ni siquiera había sido capaz de hacerlo conmigo mismo.

—No, precisamente por eso está muerta. No fui un buen hermano y no estuve ahí cuando más me necesitó.

Hablamos otro rato y me despedí de ella porque tenía que ir a mi casa.

* * *

Afuera de la fundación me encontré con algo sorpresivo. Entre las personas que esperaban a los asistentes emergió la figura de Lina. Tenía la mirada desafiante, posada en mí, como si quisiera golpearme.

—No se ilusione, no vine por usted. Lau quería verlo feliz, de modo que estoy cumpliendo con una misión. Espero que tenga las pelotas para enfrentar el destino…

Su mirada se desvió hacia una de las bancas y, aunque había muchas personas cruzándose en mi campo periférico, pude ver rápidamente lo que me señalaba. Sentada ahí, aferrada a un pañuelo, estaba Emilia.

—Lleva mucho tiempo sufriendo el dolor de lo que ella misma hizo, pero no merece que un imbécil como usted salga a hacer juicios de valor, ¿o san Camilo es un inmaculado mar de virtudes? No me importa lo que haga con su vida, pero dele la oportunidad de ser escuchada.

Lina se dio la vuelta y se perdió entre la gente. Me costó mucho caminar hacia Emilia, no es fácil cuando hay tantas cosas de por medio. Lo que había visto me llenó de mucho dolor, pero era cierto que también estaba sufriendo por mi culpa. Me senté junto a ella y me conmoví al verla en el estado en el que estaba.

Estar ahí hizo que, de forma inconsciente, volviera a sentirme completo, pero mi orgullo machista pudo más que el amor que sentía por ella y decidí no consolarla. Hubo un largo y terrible silencio entre los dos hasta que Emilia tuvo la valentía de romperlo.

—Jamás te haría daño, jamás te lastimaría. Viví un gran infierno durante mucho tiempo. Primero mi enfermedad, después la separación de mis papás, luego todo lo que pasó con Lukas, y súmale los problemas entre mi tía y Juan Andrés. Sentía que nadie se preocupaba por mí. Juan se fue a otro colegio y mis papás me condenaron a seguir el calvario que Lukas ya había caminado, ese mismo donde yo era el objeto de todas las burlas. Todo el mundo estaba tan ocupado e inmerso en sus problemas que creyeron que yo no necesitaba ayuda, que no necesitaba cariño. Conocí a Sachi a través de una amiga, al comienzo no le puse cuidado porque no era mi tipo, pero me escribía todos los días y me decía esas cosas que necesitaba escuchar y que tanta falta me hacían. Pasaron dos meses de mensajes de texto, notas de voz y llamadas, y entonces me invitó a su casa. Una vez allí se me declaró. Al comienzo no lo podía creer, pero sonaba tan sincero que accedí a besarlo…

Sus lágrimas no cesaron en ningún momento, la vi tan consternada que reaccioné instintivamente, agarrando su mano. Me di cuenta de que el discurso de Emilia pudo ser el mismo que tuvo que vivir mi hermana Lau.

—Me dijo que íbamos a ser novios, pero que necesitábamos discreción porque su ex era una celosa enferma, y que en unos meses, cuando se fuera del país, podríamos andar sin problemas por todo lado. También me pidió que no le contara a nadie y que no publicara nada en Facebook. Accedí porque lo quería, y me convenció con cada detalle que me daba. Estaba ahí cuando me sentía sola. Sus palabras y la forma en que me hacía sentir me amarraban más a la idea de hacer todo lo que me pidiera… Ha sido el único hombre con el que he estado… ¡Fui una boba, una estúpida! Perdóname.

Sus palabras la hicieron hundirse en un llanto que no le permitía seguir hablando. La abracé para reconfortarla, pero a la vez para sentirla y decirle que todo estaría bien.

Me contó que el maldito de Sachi le había pedido, durante casi un mes, que le enviara un video en el que apareciera desnuda, como prueba de su amor, el mismo que yo había visto. El segundo video que vi se hizo sin su consentimiento, cuando Sachi la citó después de insistirle para que tuvieran relaciones. Ella no tenía ni idea de que el día que se entregaba por primera vez a un hombre por amor, iba a terminar siendo grabada sin su permiso.

Después vino el vacío cuando Sachi distribuyó y publicó los dos videos como evidencia para ganar una apuesta que había hecho con sus amigos. Los papás de Emilia se enteraron de todo esto y, como consecuencia, le prohibieron tener cualquier contacto con las redes sociales, le quitaron su *smartphone* y le dieron el "flecha" que tenía ahora. Estuvo en terapia durante casi todo ese tiempo y sin poder salir a fiestas, a cine o a caminar, pues para todo eso necesitaba permisos y la compañía vigilante de alguno de los adultos de su familia.

Su llanto se hizo amargo porque lo que más deseaba era que yo me olvidara de todo y la perdonara, y debo confesar que una parte de mí quería hacerlo, pero la otra volvía a los videos que tanto daño me habían hecho.

Lina tenía razón. Yo no era alguien que pudiera juzgar y condenar los actos de Emilia, por lo que decidí iniciar un proceso para perdonarla.

No era fácil asimilar y entender lo que sucedía. Cada vez que intentaba olvidarme del asunto, todo se repetía en mi cabeza. Las imágenes llegaban como en una pantalla de cine.

No sé por qué nos cuesta tanto entender el significado del perdón. A veces solo quería que Emilia desapareciera y otras tantas la necesitaba a mi lado. El recuerdo que rondaba en mi subconsciente, como un niño malcriado, me atacaba en silencio, en especial cuando estábamos juntos, y entonces allí, como si fuera un demonio, la indiferencia, esa que mata cualquier amor, me poseía y me obligaba a actuar desde el rincón más gélido de mi corazón.

Los días pasaron y la relación continuó como un barco a la deriva. No lograba sentirme bien conmigo mismo, no lograba pasar la página y seguir adelante. Hasta que un día recordé un ejercicio que me habían enseñado en una terapia y traté de ver todo a través de los ojos de Emilia. Quedé en *shock*. Entendí que no podía dejarme llevar por la soberbia, que no se trataba de que la perdonara, sino de que yo le pidiera perdón por como me había comportado. Ella no me había hecho nada malo y ya había pagado por su error. Se había enamorado de Sachi dos años antes de conocerme, de modo que no me había sido infiel, sino que había hecho lo que creía correcto, y él la había engañado sin misericordia.

El pasado es una maleta que cargamos, un lastre que arrastramos como si de eso dependiera nuestra vida. Para mí siempre había sido más fácil juzgar y condenar que cuestionarme a mí mismo y preguntarme si lo que hacía estaba bien o mal.

Me sentí miserable porque había criticado a mi mamá por lo que decía de Lau y por lo que le hizo, y yo estaba actuando igual que ella, juzgando sin base alguna.

La sociedad machista en la que crecí me había vendido la idea de que todo lo que los hombres hagamos está bien: puedes demorarte en la calle el tiempo que quieras, emborracharte y acostarte con todas las mujeres que desees, pero si eso lo hace alguna mujer estará muy mal visto. Por eso, hombres como mi papá podían tener las amantes que quisieran y nadie les decía nada. Por eso, mi mamá prefería tener un hijo drogadicto y problemático que una hija lesbiana y promiscua.

Había tenido que llegar hasta el punto de perder a las personas a las que más amaba para darme cuenta de la mentira en la que vivía.

Tomé la determinación consciente de cambiar. Ya me había hundido lo suficiente, ahora solo me esperaba tratar de salir del infierno en el que me hallaba. Lo primero sería perdonarme a mí mismo y luego pedirle perdón a Emilia.

◆

En el colegio era costumbre organizar una especie de viaje de convivencia, unas tres semanas antes de la celebración de los grados.

En un intento por volver a conectarme con mi vida, decidí asistir. Dos días antes del viaje, Emilia fue a mi casa y habló conmigo con mucha determinación.

—No sé a qué estás jugando pero, la verdad, no me gusta para nada. Sé que te vas toda una semana y quiero que pienses muy bien las cosas, pues no estoy dispuesta a continuar con una relación que no va para ningún lado. Hace unas semanas me pediste perdón, creí que las cosas estaban aclaradas y pensé que íbamos a empezar desde cero, pero te sigo notando distante, y yo no sirvo para mendigar amor. Si sientes que es imposible estar juntos de buena manera, lo entenderé.

Traté de convencerla de que era el mismo de antes, de que la quería y de que nada pasaba. Intenté besarla y abrazarla, pero se mostró digna y me rechazó. Se fue y me dejó allí, con ese sinsabor.

Recuperar algo tan crucial como la credibilidad es una misión casi imposible de realizar, a menos que seas capaz de sincerarte contigo mismo y realizar cambios que te lleven a dejar de trasegar por el camino del orgullo, la vanidad, la mentira y la hipocresía.

Mi vida se había centrado en todo esto y más. Había vuelto pedazos una amistad de años, me había olvidado por completo de ser feliz al lado de mi hermana, y les había causado más de un dolor de cabeza a mis papás y a todos los que se habían cruzado en mi camino.

Los seres humanos pasamos mucho tiempo buscando al amor de nuestras vidas, una batalla que se desata casi desde que tenemos conciencia y que libramos día a día. Algunos abandonan la pelea, otros equivocan el camino y solo unos pocos logran ganar.

Yo quería ser uno de esos afortunados. Emilia era la mujer que hacía que todo en mi vida fuera diferente, la que me hacía valorar esas pequeñas cosas que nos hacen felices, y aunque había estado haciendo estupideces que justificaban que me abandonara, tenía claro que quería tenerla a mi lado. Me había enamorado perdidamente.

* * *

Fui a la casa de Sammy y tuvimos aquella conversación que estaba pausada y que nos debíamos sobre todo lo que había pasado. Veía en sus ojos tanta nobleza y sinceridad, que en verdad me sentí impactado. No importaba lo que yo le hubiera hecho, él demostraba que tenía más fe en mí que yo mismo. Su dedicación por esta amistad no solo la hacía más grande, sino que la mantenía a flote.

—Cami, yo también la embarré. Me molesté por lo de Emilia sin ninguna razón, sabiendo que entre ella y yo no había nada más que una amistad. Me di cuenta de que estaba enamorada de usted porque se la pasaba hablando todo el tiempo de lo mismo, por la forma en la que lo miraba y por como sonreía cuando estaba a su lado. Me dio piedra ver que usted tenía todo lo que yo anhelaba tener…

—No, Sammy, eso no es verdad. Yo no he sido más que una fachada. Mis amigos nunca fueron verdaderos, la popularidad no es sino una ilusión de felicidad y poder que nos venden, y que no es más que un agujero de mierda. Mi familia está casi que destruida y yo tendré que vivir siempre con el miedo de volver a caer en mis adicciones. En cambio, usted tiene todo lo que cualquier persona desearía: humildad, ángel, lealtad, cariño.

Sammy se acercó y me dio un gran abrazo, lleno de sinceridad. Después hablamos de las cosas que estaban pasando, de lo poco que nos quedaba para graduarnos, de nuestros sueños y nuestras expectativas. Volvimos a ser ese par de niños que disfrutaban de su amistad y que pasaban horas enteras soñando e imaginando lo que vivirían cuando fueran grandes. Ninguno había calculado que nuestra relación fuera a sobrevivir a un maremágnum de tragedias, ninguno se había imaginado que la vida nos separaría y nos uniría para darnos una amistad duradera.

* * *

Sammy aprovechó el instante para hablar de algo que de nuevo yo había dejado en el olvido: la investigación. Me contó cómo había llegado toda esa información a sus manos y, la verdad, me sorprendí más al saber que había sido Lina quien la había conseguido.

Al parecer, una tía de ella que trabaja en la Fiscalía le ayudó con esa documentación, lo que nos llevó a un punto crucial sobre el asunto. En nuestra conversación apareció lo que ya teníamos en mente, pero que nadie se atrevía a decir. De acuerdo con lo que me explicó Sammy, Rafa estaba obsesionado con mi hermana. Una de las hipótesis que manejaban las autoridades, y que pudimos conocer gracias a un informe de Toxicología que Lina había obtenido por medio de su tía, era la de que Rafa le había suministrado escopolamina a mi hermana. El reporte de Medicina Legal describía que la arteria braquial de Lau había sido cortada por otro individuo. Rafa la había matado y después se había suicidado. Las pastas tranquilizantes y el alcohol solo habían sido objetos para incrementar el morbo y para desviar la investigación. Mi hermana se había desangrado en menos de cuarenta segundos. Su muerte había sido instantánea.

Lo que más me indignaba era que la familia de Rafa hubiera contratado a un perito para echarle la culpa a Lau de lo sucedido. Algo que a la postre se caería por su propio peso gracias a las evidencias.

Después de hablar del informe, Sammy abrió la cuenta de Rafa en Wattpad y me enseñó algo que me dejó más desconcertado.

La naturaleza humana puede pasar de la bondad y la pureza infinita a la maldad monstruosa que carcome nuestro ser. Rafa había escrito un capítulo final de su historia, en el que narraba con detalle lo que terminó pasando con mi hermana.

Lau había sido ultrajada y asesinada por alguien que consideraba su amigo. Había sido víctima del descuido de unos papás que no habían sido capaces de darle la importancia necesaria al cuadro psiquiátrico de su hijo.

Lloré como no había llorado antes, maldije a esa familia y a Rafa, juré vengarme, pero la impotencia de mis lágrimas fue cediendo al sentir que no podía hacer nada, que ya estaba muy cansado para seguir luchando contra estas cosas. Sammy me pasó el brazo por encima del hombro y no necesitó nada más para hacerme sentir resguardado, protegido y consolado.

* * *

Esa tarde marcó un momento crucial en mi vida porque, a pesar de la rabia, el dolor y la impotencia por no poder cambiar las cosas, pude darme cuenta de que necesitaba sanar de una vez por todas mis heridas.

Me fui para mi casa a contarles lo que acababa de encontrar a mis papás, con el fin de que tomaran acciones contra Rafa y su familia. Al conocer todo, mi mamá no paró de llorar y le rogó a mi papá que dieran inicio a las acciones legales para cobrar justicia por la muerte de mi hermana. Él respiró profundo y habló.

—Nada de eso va a pasar, espero que me escuchen bien. Es muy trágico lo que sucedió, pero debe quedar de esa forma.

—¿Qué estás diciendo, papá? Ese hijo de puta violó y mató a mi hermana…

—¿Qué quieren que yo haga? Créanme, a mí también me duele lo que pasó, pero el papá de Rafa habló conmigo, ellos nuca se imaginaron que algo así fuera a suceder y creían que él ya estaba bien. Ningún papá quiere que su hijo haga algo tan horrible, suficiente condena tienen con saber la verdad. El señor Guzmán contrató al perito para darle gusto a su esposa y también para que ella fuera consciente de lo que en verdad había sucedido. No gano nada con demandarlos, eso no va a revivir a Lau. No se va a discutir más sobre eso en esta casa. —Las lágrimas inundaron su rostro, pero su voz se mantuvo firme.

A pesar de nuestra insistencia, mi papá nos dejó muy claro que las cosas serían de esa manera y que nada lo iba a hacer cambiar de parecer. Él ya sabía todo sobre Lau.

Es increíble cómo da tantas vueltas la vida, y algo que crees injusto se vuelve lo más equilibrado posible para que esa insoportable sensación de injusticia sea ligeramente soportable.

Lo que ni mi mamá ni yo esperábamos era lo que mi papá nos contaría sobre una situación que desconocíamos. Lau le había escrito en varias ocasiones al señor Bhaer sobre cómo se sentía y lo que le estaba pasando. Aunque nunca lo dijo de forma directa, sí mencionó que su única vía de escape podría ser abandonar esta vida. Si bien es cierto que todo parecía indicar que estábamos ante un caso de homicidio, esa situación abría la puerta para dejar entrever que, aunque mi hermana no hubiese muerto ahí, tarde o temprano podría haber intentado quitarse la vida.

* * *

En el interior de una familia siempre hay secretos, enigmas que nos marcan, en especial cuando hay tragedias.

La mística que nos rodea hace que los que sobrevivimos a semejantes cosas logremos no solo superar entre todos cosas tan horripilante, sino ser cómplices de nuestros propios pecados.

Yo fui un alma perdida, un espíritu errante que vagaba por diferentes universos, creando caos por doquier. El problema era que no solo había dejado mucho dolor a mi paso, sino que me lo había llevado adonde fuera que iba, y este se acumulaba como lo hacen las estrellas en el firmamento. No sabía que podría desprenderme de toda esa amargura que me abrazaba y que se aferraba a mi ser con tan solo enfrentar a mis demonios y aceptar la realidad.

◆

Salí con mis maletas junto a mis compañeros del colegio, con la esperanza de que la convivencia pudiera calmar un poco el terremoto que se instalaba en mi interior, debido a toda la información que había llegado a mí en las últimas horas.

En el sitio al que fuimos estaban prohibidos todos los aparatos electrónicos, por lo que perdimos cualquier contacto con el exterior. Estábamos rodeados por un bosque espectacular y algunas caídas de agua cristalina. Era impresionante ver cómo nos impactaba e intoxicaba la tecnología, tanto que algunos parecían adictos en un centro de rehabilitación y comenzaban a tener el síndrome de abstinencia por no tener su celular.

Muchos no estábamos acostumbrados a mirarnos a los ojos y a tratar de conversar, a hablar de la manera en la que Emilia lo hacía conmigo, a hablar de forma transparente como lo hacía Sammy con todo el mundo. Asistíamos a esta clase de actividades del colegio porque lo veíamos como una obligación, porque podíamos alejarnos de nuestros papás, o tal vez porque podíamos encaletar trago, cigarrillos y algo más, y pasarla bacano. Pero este viaje tendría otro propósito, el cual fui descubriendo con el paso de las horas.

En una semana logré conocer mejor a quienes a diario veía en mi salón de clases, no podía creer que durante tanto tiempo había pasado por su lado e incluso los había saludado, pero no sabía nada en absoluto de muchos de ellos.

Me perdí de personas increíbles a las que no les di nunca la oportunidad de abrir mi corazón, supe que había juzgado mal a muchos.

Me di cuenta de que Marcela, la más callada del salón y a quien llegué a odiar por sapa, en verdad era una gran persona que tenía una historia qué contar; me di cuenta de que Tomás, a quien lo jodíamos por su comportamiento amanerado, era un artista talentoso y un gran ser humano, y asimismo me pasó con otros cuantos más.

Durante una semana escuché con atención, observé, compartí, me reí y lloré con personas que después de doce años de estar juntos en el mismo colegio, eran unos completos extraños para mí.

Hice las paces conmigo mismo, perdoné a Sachi por las cosas que me había hecho y le pedí perdón a medio mundo.

El punto crucial fue el último día en la mañana, cuando entramos a una cueva.

En lo profundo de esta y después de arrastrarnos por el fango y escalar muros para poder llegar allí, el guía nos mostró el techo lleno de murciélagos.

—Muchachos, si ven hacia arriba encontrarán que allí hay unos animalitos a los que muchos les temen. En las paredes hay arañas y otros bichos que tal vez sea mejor que no conozcan: todo eso representa sus miedos, sus problemas, sus fracasos. Hoy, después de una caminata de cuatro horas, después de haber atravesado un río, un puente colgante y de entrar a esta cueva, se van a enfrentar a algo más, se van a enfrentar a ustedes mismos.

El guía nos pidió que apagáramos las linternas con las cuales habíamos iluminado el techo para ver a los murciélagos. Quedamos por completo a oscuras, no podíamos ver nada en absoluto, estábamos empapados, teníamos frío y la boca nos sabía a tierra. El aire se hizo pesado, difícil de respirar, nada en la vida nos había preparado para algo así.

Allí estábamos todos, populares y no populares, gordos, flacos, altos y bajos. La belleza no existía, todos éramos iguales y todos sentíamos los mismos miedos. Entonces nos pidieron que agradeciéramos por lo que teníamos, por nuestros papás, por nuestras familias y por lo que a veces no apreciábamos.

El llanto y la tembladera no se hicieron esperar, escuchaba el sollozo de mis compañeros mientras mi mente rogaba por que saliéramos de allí. En ese sitio no éramos nadie, no teníamos nada excepto lo que siempre habíamos sido.

La idea de la convivencia era entrar como nosotros y salir como personas diferentes.

No sé si mis compañeros lo lograron, pero creo que yo sí pude hacerlo. Atrás quedó el cafre que solía ser y salió aquel Camilo que la vida había moldeado a las patadas.

Lo que estaba por venir no sería fácil, pero ahora estaba dispuesto a enfrentarlo.

Capítulo 10

A VECES BASTA SOLO CON UN INSTANTE, con unas pocas palabras que quiebren la resistencia del odio y la desidia. A veces solo basta con un poco de silencio, a veces solo es necesario que seas tú mismo, sin máscaras, sin títulos y sin pretensiones.

Volvíamos a nuestras casas sin una parte pesada de nuestro equipaje, y creo que la gran mayoría nos sentíamos renovados.

Hacía mucho tiempo que no habitaba en mí esa alegría y el ansia de querer llegar a abrazar a mis papás, de darles ese beso tierno que les hiciera sentir que los amaba. Sí, los amaba con todos sus defectos, pecados y negligencia, porque por fin entendía que no éramos perfectos. Lo único que uno no puede escoger en esta vida es la familia que le tocó, el resto es susceptible de cambio, pero si tuviera que volver a elegir, elegiría esta misma familia porque me dieron todo aquello que va más allá del amor.

Cuando regresábamos de la convivencia, los papás estaban en el auditorio del colegio. Allí nos dieron una charla de quince minutos y después nos sentamos junto a ellos para compartir la experiencia que habíamos vivido, y para entregarles una carta que escribimos durante el viaje, en la cual debíamos contarles cómo nos sentíamos. Al final había un espacio para que un estudiante hablara y concluyera frente al auditorio sobre el ejercicio.

Vi a mis papás y llegaron a mí instantáneas de los momentos vividos a su lado, de sonrisas y de alegrías cuando éramos cuatro. Recordé esas mañanas de domingo en la cama de mis papás, viendo todos televisión en piyama; la guerra de almohadas en el cuarto de mi hermana; las tardes de helado con mi mamá, y todas esas pequeñas cosas que tuvimos como familia.

Mis papás habían luchado para tratar de darnos siempre lo mejor de ellos.

Estaban allí sentados, pensativos, callados, sin saber qué esperar de mí. La psicóloga explicó la dinámica de la reunión y, mientras hablaba de la carta, yo les mostraba sonriente dos sobres, uno para cada uno. Mi papá, quien tenía las manos entrelazadas y giraba los pulgares de forma nerviosa, como si fueran hélices, liberó un suspiro y se acomodó con más tranquilidad en la silla. Ambos me respondieron con una sonrisa, dejando entrever que no perderían la fe en mí y que batallarían hasta que las fuerzas se agotaran.

Me senté en medio, pasé mis brazos por encima de sus hombros y los abracé en señal de cierre, de perdón, de necesidad de un nuevo inicio, de emoción ante una nueva y mejor etapa. No era necesario que nos dijéramos más para saber que estábamos dispuestos a poner de nuestra parte.

Les conté sobre mi experiencia en la convivencia, sobre la visita a la cueva y sobre una carga muy pesada que había dejado en ese lugar. Ambos me miraron sorprendidos y, acto seguido, tomaron sus cartas y se fueron a otro espacio del colegio, tal y como lo había indicado la psicóloga. Los observé desde la distancia. Las lágrimas de mi papá dejaban en evidencia que se desmoronaba por dentro, aunque intentaba guardar la compostura. Volteó su mirada hacia donde yo estaba, apretó la carta contra su pecho y me regaló otra sonrisa. Por su parte, mi mamá lloraba a moco tendido y sus expresiones tenían más que ver con el drama de una mamá que lo que menos quiere es perder a su hijo. Pero las lágrimas no solo estaban en los ojos de mis papás, pues muchos otros adultos acababan de conocer y entender cosas sobre sus hijos y sobre sus propias vidas.

La psicóloga dio la indicación para que todos volviéramos al auditorio y ocupáramos nuestros lugares, y luego nos pidió que estuviéramos en silencio para que pudiéramos escuchar al estudiante que daría el discurso final.

—Camilo Cárdenas, pase al frente, por favor.

Ese era mi nombre. Sí, la psicóloga había dicho mi nombre. Caminé al estrado, ante la mirada de mis papás y los aplausos de mis compañeros y profesores, entre la incredulidad y la sorpresa de los asistentes, con mi mente en blanco. No tenía ni idea de lo que iba a decir. Tomé el micrófono, aclaré mi garganta y comencé a hablar.

—Sé que no soy santo de su devoción; sé que los profesores, las directivas, los papás y los estudiantes me han querido fuera del colegio desde hace mucho. No sé qué decir respecto a eso. Lo que sí les puedo contar es lo que la vida me ha enseñado en estos años. Tengo veintitrés cartas, las cuales voy a entregar personalmente a las personas a las que tanto daño hice durante todo este tiempo, tal vez una disculpa no sea suficiente, pero por desgracia no puedo hacer más. Como todos saben, mi hermana murió hace unos meses. ¿Cómo y por qué? Son preguntas que nadie podrá responder jamás, pero la amaba y ella a mí. Sé que sufría mucho y que muchas veces se mostró de manera diferente a como en verdad era por miedo al qué dirán. Verán, mi hermana era lesbiana… Sí, algo que sorprende a todos, a algunos los fastidia, a otros no les importa y otros solo seguirán teniendo el mismo recuerdo de ella. Mientras la religión y la ciencia debaten las circunstancias que hacen que un ser humano sea homosexual, yo seguiré viendo a estas personas como lo que son, seres humanos, como lo era Lau, como mis papás, como yo o como ustedes. He sido drogadicto y alcohólico durante años, e incluso así mis papás me siguen amando porque solo ven en mí a su hijo. Hace unos años aprendimos del señor Bhaer que las personas se dividían en dos: las buenas y las malas, no más. Si existe un Dios, o la idea que ustedes tengan de este, estoy seguro de que nos ve a todos como lo que somos, como sus hijos. Blanco, negro, gay, hetero, gordo, flaco… Solo le importa que sepamos vivir en paz, sin juzgar, sin mofarnos, sin criticar. Tal vez cuando regresen a la casa hablarán de este discurso para bien o para mal, pero quiero que antes de ocuparse de mí, se miren a ustedes mismos. Les puedo asegurar que más del 70 % han consumido alcohol, un 40 % ha consumido alguna droga y más del 80 % no son vírgenes. Por lo tanto, antes de mirar hacia afuera, antes de intentar enseñarles a los demás cómo hacer las cosas, comiencen por ustedes mismos, a lo mejor encuentran que Lau no era la única lesbiana, que Rafa no era el único esquizofrénico o que yo no soy el único drogadicto. Hoy me voy para mi casa con el único objetivo de querer intentar ser feliz. Tengo a unos papás que me aman, tengo al mejor amigo de todos y una novia hermosa a la que debo pedir perdón por todo lo malo que le he hecho. Tendré que superar esta tragedia, trabajar en mi adicción y ser honesto conmigo mismo, pero al final de cuentas saldré adelante porque tengo todo lo que necesito para ser feliz.

Cuando me bajé del escenario, los tímidos aplausos sonaron en el recinto, muchos murmullos acompañaban mi desfile hacia donde estaban mis papás y muchas miradas me seguían sin perderme de vista, algunas de desaprobación, otras de decepción y quizá unas pocas de admiración.

Me fui puesto por puesto entregando a mis compañeros las cartas que había mencionado durante el discurso, y todos las recibieron de buena manera, aunque algunos papás me observaron con fastidio. Recibí abrazos de personas con las que jamás pensé que pudiera tener una conversación, algunas palabras de felicitación de parte de profesores y de algunos padres, pero lo que más me conmovió fue la mirada de mi papá, llena de esperanza y de orgullo.

No sabía si de ahí en adelante las cosas mejorarían, pero estaba dispuesto a apostar lo que fuera con tal de lograr mis objetivos.

No puedo decir que todo lo que he afrontado haya sido fácil, porque no es así, pero siempre ha habido alguien dispuesto a ayudarme a continuar, y por ellos y por mí mismo debo mantenerme de pie.

* * *

Volvimos a la casa con la intención de recoger los pedazos que quedaban de nuestra familia. Cada quien tenía que aceptar lo que le correspondía o, de lo contrario, las cosas serían a otro precio. La tarea no era nada fácil porque se requiere de un proceso largo y doloroso para lograr salir adelante después de cosas como las que nos habían afectado.

Los días siguientes pude hablar con Emilia sobre nuestra situación. Muchas veces escuché que lo mejor de las peleas era la reconciliación, y pude comprobarlo.

Puedo decir que Emilia fue la primera mujer en mi vida con la que de verdad estuve, la primera de la que en verdad me enamoré perdidamente y a quien le entregué mi alma, mi mente y mi cuerpo. No nos prometimos nada, solo intentar ser honestos y disfrutar cada día que pasemos juntos.

¿Es ella la mujer de mi vida? ¿La persona con la que estaré para siempre? La verdad, no tengo la menor idea. Pero lo que sí sé es que quiero disfrutar cada segundo a su lado, disfrutar de su presencia, y recorrer todo el camino que sea posible de su mano, viviendo un día a la vez.

ESTOY SENTADO en una de las bancas de la iglesia del barrio, pues a mi mamá se le ocurrió la genial idea de hacer una misa en agradecimiento por mi grado, mi actitud, el comienzo de una nueva vida y como tributo a Lau. Si les soy sincero, no me gusta la idea, pero ¿cómo negarme a algo así?

Mis papás están a mi lado derecho, y Emilia y Sammy a mi lado izquierdo: esos seres, que ahora mismo tienen los ojos cerrados mientras predican sus oraciones, son mi familia, y los amo infinitamente por hacerme quien soy ahora, por formar parte de lo que fui y de lo que quiero ser.

En el altar está una fotografía de Lau sonriendo, con esos ojos vivaces que eran capaces de iluminar la mismísima cueva donde estuvimos en la convivencia de cierre de curso, con su pelo liso y castaño, y con esa actitud que me reconforta cada vez que la traigo a mi mente. Esa fotografía la tomó mi papá dos semanas antes de su muerte, mientras estaba sentada en el jardín de la casa.

Sammy me está haciendo señas para que mire hacia atrás, pero al principio no le hago caso pues estamos en pleno sermón. Insiste y decido darme la vuelta.

Me pongo de pie y camino hacia la salida sin importarme el gesto de desaprobación de mis papás y de algunos de los asistentes. Al llegar a la puerta, la figura de una chica emerge como si fuera una aparición. Su rostro está inundado por las lágrimas. Tomo con fuerza la mano de Lina y la abrazo. Ella no se resiste ante lo que acabo de hacer y empiezo a escuchar sus sollozos.

Le pido que entre y se siente a nuestro lado, y aunque en un comienzo no le agrada la idea, decide hacerlo por el amor que aún le tiene a mi hermana.

—Quiero que vayas con la cabeza en alto —le susurro.

Su mano se aferra a la mía mientras algunos nos miran con recelo.

Veo que Sammy levanta su pulgar en señal de aprobación, y a Emilia haciéndole un espacio junto a nosotros.

Sé que mi mamá se siente un poco incómoda con la situación, pero decide concentrarse en el altar y en la oración del momento.

Al sentarnos, Lina me entrega un papel. Lo abro y en él reposan unas palabras dedicadas a mi hermana. Algo escrito con profundo amor y dulzura...

No supe qué decir ni qué hacer al leer esa nota. Eran las palabras más sinceras y hermosas que alguien cercano a mí hubiera escrito.

Este papel lo guardaré como el más hermoso tesoro y conservaré este recuerdo en mi corazón junto con el de la gente a la que amo, por la que daría la vida si así fuera necesario. Ellos me salvaron y, a pesar de todo mi pasado, siguen a mi lado.

También está conmigo el recuerdo de Lau, de ese ser que me acompañó durante tanto tiempo, que me apoyó sin condición, que me hizo la persona más feliz del mundo y que me dejó una lección invaluable con su partida.

Quizá mi hermana y yo no tuvimos tiempo de decirnos muchas cosas, de disfrutar de tantas otras que se nos quedaron en planes, de regalarnos más sonrisas y de acompañarnos en más tristezas, pero así es nuestra realidad.

No sé si el tiempo es capaz de curarlo todo, la verdad, no tengo ni idea. No sé si recaeré o si seré capaz de seguir sobrio y superar el dolor que me causó la muerte de mi hermana. No sé si lograré reparar el daño que tanto le hice a mi familia. Solo sé que estoy dispuesto a enfrentarme a la vida con sus más y con sus menos, y que lucharé contra todo lo que me agobia, tal y como Lau hubiera querido para mí.

* * *

Llegar a la casa y verla llena de recuerdos, sentir su presencia en cada uno de los rincones y escuchar en el silencio el eco de su risa ya no será un martirio.

Subo a mi habitación y allí está Tábata esperándome, por lo que la pongo sobre mis piernas y comienzo a consentirle el cuello como tanto le gusta, del mismo modo en el que lo hacía mi hermana.

Pienso en cuántos adolescentes alrededor del mundo están viviendo todo lo que nosotros pasamos. Pienso en las familias que viven bajo el mismo techo y no se conocen en absoluto.

Me pongo de pie, con Tábata en mis brazos, miro por la ventana y veo a padres caminando junto a sus hijos, manteniendo una distancia física, como la de unos extraños que acaban de conocerse, y entonces pienso, en retrospectiva, en todo lo que fuimos, en todas las personas que, como nosotros, han vivido una mentira que los ha hecho sentir tan cerca, y a la vez tan lejos…

Odio amarte tanto.
Odio que tu ausencia haya formado
una profunda herida en mi existencia.

Odio anhelar tu presencia cada vez
que lejos de mi te encuentras.

Odio cuando mis labios quieren
pronunciar tu nombre o cuando
estallar contra los tuyos desean.

Deseo gritar este amor
que en mi garganta
se queda como si fuera un crimen,
como si amarte un pecado fuera.

Odio cuando te siento lejos,
no solo la ausencia de tu cuerpo siento,
sino la angustia de no estar en tus pensamientos.

Solo una cosa por decir me queda:
odio amarte tanto
porque a veces hasta de mí misma me olvido.

El autor: **Antonio Ortiz**

ESCRITOR COLOMBIANO, NACIÓ EN BOGOTÁ, Colombia,
en 1972. Estudió Literatura Inglesa en la Universidad de
Arkansas (Little Rock, AR, EE. UU.) y cuenta con una
maestría en Lingüística aplicada de la Universidad de
Victoria (Victoria, CB, Canadá).

Desde muy temprana edad mostró su gusto por la
poesía, y creció leyendo las historias de Dickens, Shaw y
Hemingway.

Ha sido profesor de Lengua durante casi veinte años
en algunos de los colegios más prestigiosos de Colombia,
donde ha podido ser testigo de primera mano de sucesos
insólitos que involucran a padres e hijos.

Antonio Ortiz es el primer autor del país que escribe
novelas sobre la problemática adolescente; ya lleva más de
50 000 ejemplares vendidos de *MalEducada*, su primera novela, y más de 20 000 ejemplares vendidos de su segunda
novela, *La extraña en mí*.

Agradecimientos

SER TESTIGO PRESENCIAL DE HISTORIAS de vida que se convierten en libros y conocer de primera mano a los protagonistas me ata sentimentalmente a las situaciones que se presentan en ellas. *Lo que nunca te dije* es una historia con la que me identifico en muchos aspectos, porque mi adolescencia no fue la más fácil. He querido que esta obra llegue a las familias y que los lectores comprendan que todos podemos ser Laura o Camilo, que podemos abrazar a esos pequeños que fuimos y que en algún momento necesitaron de toda la comprensión posible.

Esta historia es un tributo a una familia que convirtió su sufrimiento en una cruzada para sanar heridas propias y ajenas. Gracias por permitirme entrar en sus vidas y poder describir en detalle el retrato de su dolor.

Solo puedo dar gracias también a quienes me han enriquecido como autor y como ser humano. Mauricio Velázquez, quien fue el primero en abrirme las puertas de su empresa para iniciar el camino. Fernando Rojas Acosta y Panamericana Editorial por creer en este proyecto. A todos los promotores de esta casa editorial en Colombia, Perú y México: sin ustedes iríamos a paso de tortuga.

Gracias a mis fieles lectores que siempre están ahí en espera de una nueva historia o charla. Sin ustedes nada de esto sería posible. Trataré de sorprenderlos con algo nuevo que llegue a su alma, así como ustedes han llegado a la mía.

Margarita Montenegro, gracias por el amor que le diste a mis obras. Solo hay una cosa cierta y es que te voy a extrañar demasiado. Conseguir una editora con la creatividad y la dedicación tuyas es algo muy difícil. Todo lo mejor en tu nuevo camino.

Camila Melo, si he llegado a los medios de comunicación es debido a ese ángel que tienes y a esa intención por ver a los demás triunfar. Recuerda que todos anhelamos leer una obra tuya.

Esteban Parra, gracias por tus palabras, por tu contribución a esta obra, por esa pasión que llevas dentro y por los aportes que haces a los jóvenes lectores del continente.

Es difícil poder agradecer con palabras a esa persona que siempre ha tenido una fe ciega en mí, mi cómplice, mi amiga, mi compañera, mi primera lectora y mi primera crítica: Sandra Giovanna Zuluaga. No estaría donde estoy de no ser por ti. Amor, no sabes lo orgulloso que me siento de verte triunfar como autora, ahora nuestros versos se pueden entrelazar mientras creamos historias, mientras acariciamos nuestras letras, mientras te miro a los ojos.

Tepha, Juli y Caro, todo mi amor y dedicación es para ustedes. Gracias por tantas risas. Gracias por hacerme el padre más orgulloso del universo.

Mamá, estés donde estés, tu recuerdo sigue intacto. Gracias por tus poemas, por enseñarme a valorar la palabra y por contarme tantas historias. Siempre te amaré.

Papá, gracias por enseñarme a dar un paso a la vez y por regalarme la pasión que llevo dentro.

Este libro se escribió con lágrimas, temores, dolor y un profundo anhelo...